麦畑の記憶

西村惇子

22世紀アート

目次

私の油絵手帳より　79

劇場にて　107

麦畑の記憶

麦畑の記憶

「近畿軍管区、空襲警報発令！」、「空襲警報発令！」というアナウンサーの緊張した声が、突然ラジオから流れだしたのは、午前九時を過ぎたころだったろうか。

それは一九四五年（昭和二〇年）六月七日のことで、仕事が始まって間もなくの工場内は一瞬静まり返った。

大阪は六月一日にも米軍機Ｂ29による空襲に見舞われ、市街地は大きな被害を受けたので、度重なる警報に私たちは緊張した。

みんな一斉に、一番前列の作業台に座っておられた指導の長沢先生に注目した。

するとその時、先生が「全員防空壕へ！」とこわばった顔で叫ばれたのだった。

一九四二年のミッドウエー沖海戦で大敗して、制海権も制空権すらもすでに失っていた日本軍は、アッツ島、サイパン、グァム島で玉砕し、ついには四五年に入ると、米軍の沖縄上陸をも許して、東京など大都市も次々とB29による激しい空爆を受けるようになったのである。

この年の四月早々に出された学徒動員令で、府立高女二年生になったばかりの私だったが、多くのクラスメイトと共に神崎川の川沿いにあった川崎航空機傘下の石産精工へ動員されていたのだった。

この工場では、当時日本一高性能の戦闘機だと言われていた「紫電改」の部品を作っていた。まだ新しい工場は天井も壁も木の目も鮮やかな板張りで、床は全てコンクリート敷きになっていた。

私たちの仕事は、そこに何台も並んでいる大きな木製の作業台の上で、ジュラルミン（軽くて強い金属と言われていた）の三ミリぐらいの厚さの板を、手回しの機械で折り曲げたり、木槌で板の歪みを丁寧に叩いて修正したりすることだった。手にしている金属板が航空機のどの部分に使われるのかも知らず、全くの素人である女学生の手作業で、精密を要する飛行機の部品を作って大丈夫なのかしらと、時おり不安になることもあったが、工員さんや女子挺身隊の先輩たちの仕事ぶりを見聞きしながら、私たちは「お国のために」との思いで一生懸命働いていたのだった……。

私たちが先生の指示に従って、十数人ずつに分かれて壕へ退避すると間もなく、B29の爆音――それは地獄へ引きずり込まれるような低い不気味な「グオン、グオン、グオン」という音で、それが近づいてきたと思う間もなく、物凄い爆発音がとどろき、私たちの壕が崩れてしまうのではないかと思われるほどに激しく揺れた。

私たちは恐怖のあまり、先生の指示も待たずに壕を飛び出していた。外は朦々とした土煙で前方は見えないが、あちこちの工場から火の手が上がっていた。

先生が川沿いの麦畑へ避難するように指示されたため、私たちはすぐさま、工場の群から離れた所へと必死で走ったのだった。

でも、Ｂ29の小編隊による執拗な攻撃は続いた。辺りは昼間なのに真っ暗になり、麦畑の畔《あぜ》に伏せながら見上げると、真っ暗な空からきらきらと星のように煌めきながら、焼夷弾が私たちの頭上に落ちて来るのだった。

目の前の工場は火だるまになって燃え盛り、傍らの麦の束も燃え上がっていて、あちこちに血まみれで倒れている人、呻いている人、「お母さん！」と叫んでいる女学生の姿が目に入ってきた。

その後は先生の指示もなく、どこへ向かうのかも解らないまま、燃え上がる工場を後にして、私は数人の友達と一緒に、ただひたすら麦畑を走り続けた。

それから間もなくのこと、一緒に走っていた友人の一人小田さんが何か声をあげてその場に倒れた。

「どうしたの！」と彼女に駆け寄ったが、その時またもやＢ29の低い爆音が迫ってきて、私は思わず彼女をそこに置いたまま、麦畑の畝と畝の間に伏せていた。

ひとしきりＢ29の爆音と焼夷弾の炸裂音が続いたが、それが遠ざかると、工場の燃える「ぼうぼう、パチパチ」という炎の音が、強い風に煽られるたびに身近に近づいてくるように聞こえ、急に雨も強く降り出した。

私は恐ろしさの余り、小田さんのことももう頭にはなく、無我夢中で走りだした。

そして、何処をどう走ったかも解らないまま、いつの間にか阪急神戸線の線路に辿り着いていたのだった。

一緒にいた友達ともはぐれ、私は線路上を伝って避難する大勢の人の群れにまじって歩いていた。泥だらけで、ずぶ濡れの野鼠のような格好で、ともかくも豊中の家に辿り着いた時は、辺りはもう真っ暗な闇夜だった。

家から母と姉が飛び出してきて、「あんたは、もう死んでいると思ってたわ！」と私を抱きしめ、三人で泣いたのだった。

姉も同じ三国にある動員先の押谷工業の工場から、危うく逃れてきたところだったのである。

それからの数日は、少しの音にも体がぴくりと反応して、恐ろしかったいろいろな状況が思い出された。

翌日の新聞によると、七日の空襲はＢ29爆撃機三百機、Ｐ51艦載機百機による大阪市北部を標的にした激しいものだったのである。

そんな中、学校からの知らせで、私の通っていた石産精工だけで、焼夷弾の直撃で四人が亡くなり、数人が破片でけがをして、豊中にある刀根山病院に入院していることがわかったのだった。

私はその時はじめて、怪我をした小田さんを置いて逃げたことを深い自責の思いで振り返ったのである。そして、自分に強い嫌悪を感じて一人部屋に閉じこもり悶々と過ごした。

が、何日か経って落ち着いてくると、彼女に会って詫びようという気持ちになり、警報の合間に入院中の彼女を見舞った。

彼女は想像していたより元気だった。

彼女の怪我は、焼夷弾の破片が背骨の下をかい潜るように、左脇から右脇へ貫通する重傷だった。それでも、破片が体内に残っていなかったのが幸いだったのである。

私が彼女を置き去りにしたことを、心から素直に詫びると、「あんな時だもの、仕方がなかったのよ。誰だって同じよ」と明るく言って、彼女は反対に私を慰めてくれたのだった。

しかし私には、その優しい言葉が一層辛いものに思えた。

彼女は一月余りの治療で元気になり、今も幸せに暮らしているが、あれから六十年が経つとはいえ、私には六月七日は忘れられない日となった。いつも逃げ惑った麦畑の光景と共に、自分の至らなさへの苦い思いが、私の心に蘇ってくるからである……。

『夏の花』を読む

夏の思い出といえば、海や山で過ごしたバカンスの楽しいイメージが浮かんでくる筈なのだが、私には先の大戦終結の一九四五年の夏の日々が、忘れ難いものとなって蘇る。

その年、女学校二年生だった私は、「女子学徒の勤労動員令」によって、淀川の支流、神崎川沿いにあった航空機工場で働いていた。

それは三菱航空機（株）傘下の石原産業が経営する軍需工場で、当時日本海軍の誇りとする最新鋭の戦闘機「紫電改」の部品を作っていたのだった。

前年の七月にサイパン島の日本軍が玉砕して以来、アメリカの長距離爆撃機Ｂ29や戦闘機Ｐ51による日本本土への空襲が始まり、三月の大阪空襲では、市の中心部は大きな被害を受けたのだった。私の動員されていた石原産業も、六月七日の空襲で一瞬の間に炎に包まれ焼け落ちたのだった。

工場の傍の防空壕に避難していた私たちは、その炎に追われるように壕を飛び出し、真っ暗な空からきらめきながら落ちてくる焼夷弾の雨の中を、川沿いの麦畑へと走った。刈り残されていた麦の穂がめらめらと燃えさかる畦道を、爆弾やその破片で負傷した血まみれの工員さんや生徒たちの呻く声を後に残して、行く先も解らないまま無我夢中で走り続けたのだった。何人ものクラスメイトが焼夷弾やその破片を受けて亡くなり、重傷を負ったことを後日になって知らされた。B29三百機、P51百機による空襲だった（『ほむら野に立つ　大阪府立豊中高女学徒動員記』による）。

私はこの時の麦畑の光景を、今も忘れることが出来ないのだ。

学校は即日休校となり、友人たちの安否を気遣いながら、毎日のように続く空襲警報に怯えて過ごした夏だった。


それに八月六日と九日には広島、長崎に原爆が投下されたニュースが伝えられ、その想像を超えた破壊力の凄まじさを知るにつけ、人生への不安や虚しさの感情が、日に日に深まっていくのを感じていた。

やがて聞いた八月十五日の玉音放送も、空襲の恐怖から解放されるという安堵感を抱かせたものの、何か虚しかった。ただ、その時見上げた八月の空の青さを美しいと思った……その記憶は今も鮮やかだけれど。

毎年夏が巡ってくると、この十四歳の夏の日々が大切なもののように思い返され、何はともあれ、先の戦争を記録した何れか一冊の本を読むことが私の習慣となってしまった。

今年こそは、いつも読みたいと思いながら機会を逸していた原民喜の『夏の花』を読もうと心に決めていたのだった。

そんな七月のある日、朝刊の広告欄で平和文庫という聞き慣れない出版社から、『夏の花』が初版第一刷として出されたことを知って、早速近くの本屋から取り寄せたのだった。

表紙には一九八四年に開かれたつくば博のテーマ館の壁画になったという色鮮やかな『鳥の絵』が描かれていて、童話の本のような可愛らしい装丁だった。

開けてみると「夏の花」「廃墟から」「壊滅の序曲」の原爆三部作のほかに、「小さな村」「昔の店」「氷花」という小編なども載せられていた。

まず「夏の花」から読み始めた。

千葉県の船橋で中学校の英語教師をしていた四十歳の彼が、妻を病気で亡くした後、広島に住む兄の家へ疎開するのだが、そこで原爆を体験する。

無残に破壊された街を火の手に追われて逃げ惑う中、すでに「三田文学」に詩や小説を発表していた彼は、この体験は必ず書こうと心に決めるのだった。

でも彼の筆致は実に冷静で、即物的と感じるほどに感情を抑えた飾らぬ言葉で目にする光景を描いていて、原爆の恐ろしさが一層強烈に伝わってくるのだった。

少し抜粋してみる。

「……私は殆ど目抜きの焼跡を一覧することが出来た。ギラギラと炎天下に横たわっている銀色の虚無の光の中に、路があり、川があり、橋があった。そして、赤むけの膨れ上がった屍体が所々に配置されていた。これは精密巧緻な方法で実現された新地獄に違いなく、ここではすべて人間的なものは抹殺され、たとえば屍体の表情にしたところで、なにか模型的な機械的なものに置き換えられているのであった。苦悶の一瞬を描いて硬直したらしい肢体は一種の怪しいリズムを含んでいる。電線の乱れ落ちた線や、おびただしい破片で、虚無の中に痙攣的の図案が感じられる……。」

抜粋が多くなるので省略したが、九行の片仮名の詩が続いていて、民喜の繊細でしかも確かな詩の心を見たようで、感動した一編だった。

彼の文章は、どこかシュールな絵画を目の前にしているようで、まがまがしい原爆の惨状表現にはぴったり合っていると、彼の新しい感性を感じた私だった。

それから、「夏の花」三部作の後に続く小編「小さな村」「昔の店」「氷花」は、民喜の自画像を見るようで、先の原爆三部作より、一層私の心を打つものがあった。

「小さな村」には、原爆の罹災者として疎開した広島市近郊の村に落ち着いた時、彼が目にしたのは、農村といえども飢餓に近い生活で、罹災者という余所者、厄介者へ向ける村人の冷ややかな姿なども描かれていて、いささか傷ついた彼の心が垣間見える一文にも出あった。

「昔の店」には、働き者の父が一代で築いた『陸軍用達商』の豊かな暮らしぶりと、彼の幼少年時代を重ねた望郷と懐旧の思いが滲んでいる。ともかくも彼にも幸せな時代があったのだと読み手の私は少し慰められたが、終戦とともにこの店も閉鎖され、彼は一人上京することになるのだった。

「氷花」では、故郷広島に留まって、コツコツと自分たちの生活を築いていった兄たちや姉妹と違って、一人東京に出た彼がようやく見つけた職は、三田の夜間中学の英語教師だった。

人々が犇《ひし》めき混乱の続く戦後の大都会の中で、孤独と飢えに苛まれる暮らしがあるばかり。肺結核や原爆の後遺症にも悩まされた痛々しい日々が描かれている。

東京という大都会の、それも戦後の荒廃した都会の巷で病み暮らす彼の、孤独な叫びにも似たこの作品は、当時の社会を知る私には、とても辛い読み物だった。

けれど最後に、懐かしさで一度訪れた広島で、久々に出合った二人の姪の成長ぶりに心を温められ、そこに何か未来への明るい夢を見たような気持ちの彼が居て、私は少し安堵したのではあったが……。

敗戦から彼が亡くなった昭和二十五年（一九五〇年）までの五年ほどの間は、戦争の残した大きな廃墟から立ち上がるのに、日本人はみなその重さに苦しんだ時代だったと思う。

その頃の私は中学二年生から新制高校への転換期だったが、学校生活は食料を得るための農作業ばかり。麦やサツマイモを育てるために、重い肥え桶を担いで、学校から遠い畑へ毎日通ったもの。田畑が多く残る大阪市近郊の市《まち》だったが、昼食にお弁当を持たない友人もいたし、サツマイモだけで済ます者もいた……ただ食べることだけで精いっぱいの日々だったのを思い出す。

本を閉じて、民喜への深い鎮魂の思いに沈んでいると、炎に包まれたあの麦畑の光景が、またしても蘇ってくるのだった。

それにしても『夏の花』は想像していたとおり、原爆投下直後の広島を描く民喜の筆致は実に鋭く細緻で、その惨状に改めて私の心は震えた。

そして、滅々とした気分に陥ってしまい、その心のやり場に戸惑い、何とか自分の気持ちを立て直そうと焦っていた。

そんな時、ふと思い出したのが大江健三郎の『ヒロシマ・ノート』だった。

これは原爆体験記ではなく、一九六三年に広島で開催された「第九回原水爆禁止世界大会」に若い記者として、大江が初めて広島を訪れた時のルポ風のエッセイである。

もうずいぶん前に読んだもので、細かな内容についての記憶も薄れていたが、被爆後十八年目の広島を体験し記録したこの一冊は、『夏の花』や『黒い雨』、長崎の原爆を扱った『祭りの場』などの原爆投下直後を描いた小説とは違い、広島の人々にとっての被爆を背負った十八年という年月の重さを、強く実感させるものだった。

本箱の奥に仕舞い込まれていた『ヒロシマ・ノート』を引き出して読み返してみると、地獄絵を見るような悲惨を体験しながらも不屈に起ちあがって、生活を建て直す広島の人々の健気な姿が紹介されていて、初めて読んだ時の衝撃が改めて蘇ってきた。

民喜のように、その悲惨に耐えきれず死を選んだ人々も多かったのは確かだが、そのような彼らを責めているのではなく、彼らとその悲惨を共有し、彼らが果たせなかった再生への夢を受け継ぐものとして、人間のなしうる限りの忍耐を続けて広島で生き抜いた人々を描いていて、私はユマニスト大江の真骨頂を見た思いだった。

中でも、日赤広島病院長であり原爆病院長でもあった重藤文夫氏（私は、その時まで、氏の名前すら知らなかった）の働きについて書く大江の筆致は、深い敬意にあふれ、どのような地獄、不条理な現実にも負けない氏の生き方を伝えていて感動的だった。

重藤院長は自身も被爆されながら、瀕死の人々の治療にあたり、その多忙の中で、残された様々な被爆地の残骸を収集してデーターを集め、この爆弾の本質を放射能であるといち早く見抜いて、原爆症を発見されたのである。

また、七年も掛けた辛抱強い資料の研究によって、原爆と白血病を結びつけられた。

さらに、被爆した子供たちを洗いざらい調査して、「次世代の原爆症の問題」という論文を提出され、原爆とその遺伝についても追及された。

その上、癌と原爆との深い関係を厚生省に認めさせる政治的な活動も、粘り強く進められたのだった。

大江は、このような活動を推し進められる重藤院長の姿に、人間の何ものにも屈服しない「威厳」を見て、彼を括弧つきで「広島の人」と呼んでいる。自分の体内にも原爆を抱えながら、広島の原爆と闘っている人という意味である。

そして「広島の人」とは重藤院長ばかりでなく、原爆症と闘う市井の無名の人々のことでもあった。原爆症で全身衰弱の状態にもかかわらず、患者代表として、大会へ花束と核兵器廃絶を訴えられた宮本定男氏のこと、「原水爆被災白書」をまとめて、世界にアピールする努力を続けられた中国新聞記者の金井利博氏、雑誌「ひろしまの河」を出版し続けられる小西信子さん、被爆によるケロイドにも挫けず病院で働く村田由子さんなどの姿が紹介されていた。

年と共に、自分を含めた人間というものにすくなからず懐疑的になっていた私だが、この『ヒロシマ・ノート』に流れる大江の「人間は信ずるに足る」との強い想いに、少なからず励まされたのだった。

今年（二〇一〇年）は原爆が投下されてから六十五年目。その八月六日、いつものように広島で行われた記念式典の様子がテレビで中継されていた。

アメリカのルース駐日大使を始め英仏など核保有国の代表たち、それに国連の藩基文事務総長も出席していて、昨年までとは違った新しい緊張が流れているように感じられた。

世界の世論が核廃絶に向けて動き出すだろうか。

でも、自国の安全のためには、「核抑止力」の考え方は、依然根強い。

大江の『ヒロシマ・ノート』に鼓舞された私ではあるが、民喜の『夏の花』を読み終えた後の深い切なさは、簡単に消えそうにない。心の奥底に沈んだままである。

春の風

「アジア・太平洋戦争」が終わって二年後、それは一九四七年の三月のことですが、民主主義教育を目指した教育基本法が公布され、同時に、学校制度も現在の六・三・三・四制へと改革されることになったのでした。

私の住んでいる大阪府では、北部、中部、南部などの各地域で、ブロック毎に旧制中学校と旧制女学校とが数校の間で合併再編を行い、一年後には、男女共学の新制高校が現在のように誕生したのです。

私の通っていた大阪北部にある旧制女学校も、他の四つの学校との合併再編を経て、新しい男女共学の高校に生まれ変わったのでした。丁度その時、旧制女学校の五年生に進級するところだった私は、ごく自然に、新制高校二年生になったのでした。

でも、男女共学は新高校一年生からの実施で、改革の狭間にあった私たちの学年は以前のままの女生徒ばかり。私は、少なからず残念に思ったものでした。

それはともかく、「明朗、敬虔、奉仕」という校訓で、伝統的な厳しい女子教育が行われて来た私の女学校に、突然、全校生徒数の三分の一もの男子生徒が登校して来ることになって、それまで静かだった学校生活は一変したのです。

始業式の日の朝から、校内はたちまち、彼等の喚声や怒声、大きな靴音、窓や扉を開閉する度に起こる荒々しい騒音で湧きかえり、それこそ天と地がひっくり返ったようになりました。が、学校生活の毎日は、戦中戦後の暗い体験から解放されたように、明るい陽気なものに変わったのでした。

そして、父母や先生たちの心配をよそに、男子と女子との間にトラブルなど全く起こらず、男生徒の持つ活発さに刺激されて、女生徒も新しいことに挑戦する積極性、自分の生き方を自分で模索する自立の気持ちを持つようになったと、当時を振り返って私は思っています。

また、他校との合併再編で先生の顔ぶれも随分変わり、旧い女学校のどこか閉鎖的で封建的な雰囲気も一掃されて、生徒会での女子の活躍も目立ち、男子を差し置いて女性の会長が出現したりもしました。

その頃の学校は、それまでになかったような生き生きとした明るい気分に満ちていたのです。

もっとも、大阪府の北部の都市は、幸いにも米軍機の焼夷弾による焼失を免れたために、市の復興は比較的容易で、それが生徒たちの快活な毎日を支えていたのかもしれません。

ところで、課外学習としてのクラブ活動が初めて学校に導入されたのは、ようやく生徒たちの生活も安定し、学びたいという意欲が生まれて来た頃のことでした。

音楽、科学、美術、文学、スポーツ、それに英語クラブなどがあり、戦時下では全く近づくことも出来なかった様々な文化に触れる機会を与えられて、私たちのクラブ活動への期待は、とても大きいものがありました。

その頃の世の中の風潮は、戦前戦後の日本社会の在り方や文化を厳しく批判する一方で、それまで閉ざされていたアメリカやヨーロッパ文化の諸相が矢継ぎ早に紹介されるという風で、人々の関心は、専らそれらに向かっていたと言えましょう。

私たち高校生のクラブ選びにも、そうした風潮の影響ははっきり見られ、スポーツ好きを除けば、英語クラブや英会話のクラブを選ぶ生徒がとても多かったのです。

私はといえば、世の中の風潮に加えて、ミッションスクールの英文科へ進んでいた二つ年上の姉に影響されてもいたのでしょう。なんの躊躇もなく英語クラブを選んだのでした。

かつてのヨーロッパでは、戦勝で手に入れた土地には、まず教会を建てたと言われていますが、日本でも連合国による駐留が始まったその時期には、姉の学校でもすでに、英語の教師をかねたキリスト教の若い女性宣教師がアメリカから派遣されていました。

姉は理知的で明るい彼女の人柄に親しみを持ったのでしょう。学校からの帰り路、しばしば友達と一緒に、彼女を私の家へ連れてきました。彼女は日本の普通の家庭生活に好奇心一杯でしたし、私たちも彼女を通して垣間見た未知のアメリカに、少なからず憧れていたのでした。

それはともかく、その開講日、同じように英語クラブを選んだ仲良しの山谷さんとクラブの教室へ行ってみると、坐るところもないほどの盛況で、その人気の程に改めて驚かされたのでした。

英語クラブを指導されるのは、噂の通り他の男子校から転任してこられた竹田邦彦先生でした。先生は、やはりミッションの大学の英文科出身で、四十歳を少し出たばかりの、まさに英国紳士風のダンディな雰囲気をお持ちで、女生徒たちは密かな憧れを持っていたように思います。

でも、男生徒たちから聞いた話では、先生の授業は専ら厳しく、熱心そのものだということでした。

初講のその日、私は期待と不安の混じる落ち着かない気持ちで席に着いていますと、黒板の前に立たれた先生は、「英語で書かれた本を何度も辞書を引いて苦労して読むことも、英語と親しくなる一つの方法だからね」と言われて、英国の小説家ゴールズワージーの短編小説『林檎の木』を原語で読むこと、それをクラブのさし当たりの目標に決められたのでした。

そして、生徒たちの不安げなざわめきなど聞こえないかのように「来週から頑張れよ」という言葉を残して、先生はさっさと教室を後にされたのです。

ゴールズワージーは、二十世紀の初頭から第一次大戦前期まで英国の文壇で活躍したノーベル賞作家でもあります。

今思えば、この『林檎の木』は、散文詩のような美しい叙情に溢れている一方で、文章の正統的で整った筆致は、初めて英文小説を読む若い高校生の教材には最適なのでした。

そうとは知らず、私は先生の素っ気なさに、いささかの期待はずれの気持ちと、「付いていけるだろうか」という不安を抱えて教室を出たのでした。

戦中戦後の女学校時代は、英語の授業は時間割には組まれているものの、授業はいつも農作業や勤労奉仕に振り替えられて、私には授業らしい授業を受けた記憶がなかったのですから……。

早速、本屋で見つけた『林檎の木』は、新日本図書の英文叢書の中の一冊として出版されていました。その叢書の中には、ラフカディオ・ハーンの『怪談』、アラン・ポウの『黒猫』、スティーヴンスンの『ジキル博士とハイド氏』など、人気の推理小説も入っていたように思いますが、まるで、わら半紙に印刷されたような粗末なものでした。

最近、本箱の片隅から、改めてその本を取り出してみますと、いまにも破れそうな黄色に変色した頁の余白に、所狭しと書き込みがしてあり、あの頃の私の意気込みと格闘を物語っていて、懐かしさがこみ上げてきたものです。

明日はクラブの日となると、正課の宿題はそっちのけで、夜遅くまで辞書と首っ引きでした。ようやく何頁かの意味が読みとれると一応安心して床につくことが出来るという有様で、英語クラブの始めの何週間かは、英語との格闘の連続でした。

その格闘の何週間が過ぎて気が付くと、クラブの始めには教室に一杯だった生徒たちは次第に減り、何人か混じっていた男子生徒の姿さえも消えてしまって、夏休み前にはついに、山谷さんと私の二人だけになっていました。

それでも、竹田先生は、それまでと少しも変わらず熱心に教えて下さり、クラブを休まれることはありませんでした。

二人のぎこちない日本語訳を辛抱強く最後まで聞かれた後、先生は本を片手に、ご自身で朗読され翻訳して行かれます。

放課後の三人だけの教室に、傾きかけた日差しが音もなく流れ込み、校庭で練習するスポーツクラブの生徒たちの喚声が、遠く聞こえてくるばかりです。

先生の歌うような声が静かに流れていました……。

五月のある日、大学を出たばかりの青年アシャーストは友達のガートンと二人で、イギリス西南部、ウエールズの美しい高原を徒歩旅行中、その辺りの農家の娘ミーガンと出会い、彼女の清純で野の花のような美しさに魅せられてしまいます。

そして、白い林檎の花の咲く牧草地で、二人は恋に落ちるのです。


あたかも先生がアシャーストで、囁くように恋を語り、私たちはミーガンであるかのように、胸をときめかせて、その囁きに聞き惚れ、クラブの二時間はいつの間にか過ぎてしまうという風でした。

あの頃はテレビのない日常でしたし、映画など高校生には遠い存在でしたから、先生の訳し出されるイギリスの牧歌的な風景は、私たちには夢のような楽園に思われました。

牧草地の鱒のいる小さな流れから、名も知れぬ鳥の休みないさんざめきが聞こえ、トネリコの入り組んだ枝の間から、黄色い月が光を投げかける。そんな美しい夜に二人の間に交わされる恋の囁き。私たちはその甘い恋物語に、すっかり夢中でした。

先生は何食わぬ顔で、文章中の「kiss」を躊躇われることなく「接吻」と訳されるのですが、私たちは何か気恥ずかしく、顔も上げられずに、その甘く快い響きを持つ「kiss」に聞き惚れていました……。


やがて、ふとしたことから、教養もあり、都会的な雰囲気を持つステラという女性と出会ったアシャーストは、彼女を自分にふさわしい伴侶と思いミーガンを捨てるのです。

それから二十数年の後、妻ステラの写生旅行で訪れた牧草地に、芝草に覆われた小さな塚を見つけ、それが、彼との恋に破れ自殺したミーガンの墓だと知り、彼は深い悔恨の思いで青春の日を振り返るのでした。

私たちがようやく読了したのは、もうクリスマスに近い放課後で、生徒たちのほとんどが下校した後の校内はしーんと静まり返っていました。

その時、山谷さんも私も、同じように深い溜め息を漏らすだけで互いに一言の言葉も交わさず、ミーガンの思い詰めた恋心の純粋さに、唯ただ感動していたのでした。

今の私だったら、アシャーストの身勝手な心変わりを、どんなにか責め、詰っていたでしょうけれど……。

先生も、ご自身の訳文に酔われていたのか、若い頃を思い出されたのか、ただ黙ったまま、窓から見える校庭の冬枯れの景色を眺めておられました。

「遂に読了だね」という先生の声に、はっと我に返った私たちは、その日の家庭科の授業で作ったクッキーを丁寧に半紙に包み、その僅かさに気後れを感じながら、読了のお礼にと先生に差しあげたのでした。

戦後三年目の一九四八年は、まだクリスマスを祝うのに、手作りのクッキーが精一杯の貧しい世の中でした。

すると先生は、「これで、お茶でも飲みたいね」と微笑んで、それを背広のポケットに、そっと仕舞われました。

その時の先生の眼差しが、「よく頑張ったね」と言われているようで、私たちはそれだけで満足でした。

この体験は、「やれば出来る」という自信と、学ぶことの楽しさを私に教えてくれたように思います。

その翌年の四月、私は高校三年生に進級しました。

始業式が終わり、私はいつものように友達と校門を走り出ますと、突然、正面からの強い風に吹き煽られて、襟元に結んだ緑のタイが、激しくそよぎました。

それは、強いけれど暖かい春の風でした。

私は思いっ切り胸を張って深呼吸をしながら、薄霞のかかったような四月の空をしばらく見上げていました。

その時の私は、自分では予想も出来ない新しい季節が、もうそこまで、私の間近まで訪れて来ていることを、全身で予感していたのでした……。

惑いの春

第二次大戦後に行われた民主化政策によって、教育の機会均等が現実のものとなり、高校を卒業した女生徒にも総ての大学への門戸が開かれた。それは一九四七年（昭和二十二年）三月のことである。

でもその頃の社会には、「女に勉強は無用だ」とか、「女の幸せは子供を産み育て、家庭を守ることにある」という旧い観念が依然根強く残っていたし、又、戦後経済の混乱も激しくて、大学進学を希望しながら進学を断念した者も多かったと思う。

幸いにも私は両親の理解もあり、通っていた府立高校の先生方も揃って応援して下さって、なんの屈託もなく大学受験を目指すことが出来たのだった。

ただ、戦争中の学徒動員や勤労奉仕のために、甚だしく低下している学力を、果たして受験出来る水準にまで引き揚げることが出来るかが、私の大きな不安だった。

男子学生より遅れの目立つ理数科や英語はもっとも不安だったが、三年生の夏には「男子と同レベル、遜色は全くない」とまで言われるほどに私たちの学力が高まったのは、先生方の熱心なご指導の賜物だったと、今振り返って思うのである。

このような周囲の温かい応援に恵まれて、憧れていた大阪大学に入学したのは一九五〇年の四月のことである。

その頃の大阪大学は、それぞれの学部が府内ではあったが、あちこちに散らばっていて、私の通った文学部は豊中の北西、刀根山丘陵の一角にあった。その辺りは昔から待兼山と呼ばれていて、こんもりとした松林や竹藪に囲まれた静かな農村の風情を残していた。

古い石の門柱をくぐると、右手には深々と水草の茂る池が二つ続いて現れ、その茂みから鴨やカイツブリが突然滑るように青い水面に泳ぎ出て、いつも私を驚かせるのだった。

その池を見下ろしながら緩い傾斜の松林を登っていくと、かつての旧制浪速高校の古びた本館に出会い、その右手に、今の立派なビルの建ち並ぶキャンパスからは想像も出来ないが、即席のプレハブ二階建ての粗末な校舎が二棟ばかり、憮然とした表情で迎えてくれたもの。

その校舎の南側に広がる運動場も、境界の柵もないまま近在の農家の畑や田圃に連なっていて、ただの広っぱと言えそうな素朴な佇まいだった。

私たち学生は、昼休みや休講の時間などには、その運動場の深々とした草地に寝ころんで、空を流れる雲を眺めながら友人とのおしゃべりや読書に、のんびりした時間を楽しんだ。

教室での講義は高校とは違う自由な雰囲気があったし、なんと言っても、私にとって初めて経験する男女共学は、張り合いのある楽しさに満ちていた。

でも、六月に入るや朝鮮戦争が始まったのだった。

国連は北側の攻撃を侵略とみなして国連軍を派遣した結果、戦況は南側の有利に見えたが、思いがけず中国が大挙義勇軍を送って北側を援助し、情勢は一変した。

やがて、アメリカが原爆使用を仄めかす事態にも発展して、核戦争が起こるのではないかとの大きな不安に、世界中を震撼させたのだった。

ようやく翌年の七月から休戦交渉が始まり戦争は一応の終結を見せるのだが、日本国内の占領軍が朝鮮戦線へ出動して国内の治安維持が手薄になると、その年の八月には、マッカーサーの指令で警察予備隊が作られた。

それは否応なく私たちに、再軍備問題を強く意識させることになったのである。

一方朝鮮戦争で揺れる中、第二次大戦の講和条約締結も、日本にとって大きな政治課題となったのだった。

アジアやヨーロッパの戦後体制をどう作るかは、米ソにとって大きな問題だったが、一九四九年の新中国の成立や先の朝鮮戦争の勃発は、両国の対立をいっそう深め、日本はソ連に対する防波堤だとするアメリカの昂然とした発言もあったりして、私たち日本人を驚かせた。

日米による単独講和か、連合国のソ連や中華民国を含めた全面講和か、いずれが是か非かと日本中で激しい言論戦が交わされた当時の記憶は、今も私の心から消えていない。

米国との単独講和は、日本を米国の傘下に組み入れる虞《おそれ》ありと（現在当にその予想どおりだが）、対立のない平和な世界を作るためには全面講和でなければと主張したのは、主に知識人や学生たちで、国会を始めあらゆる場で言論戦が闘われ、街頭デモも連日繰り広げられたのだった。

私の大学でも、昼休みの時間から午後の講義は休講になるほどの勢いで、単独講和反対の抗議集会は開かれていた。

集会に出るべきだという学生もいるし、学生は学業に専心するのが当たり前と主張する者もいて、私は何時も迷っていた。ところがある日、友人に強く誘われたこともあって、初めてその抗議集会の開かれている大講堂へ行ってみたのである。

すると、既に壇上にはマイクを握った何人もの学生が、入れ替わり立ち替わり単独講和を推し進めている吉田内閣を激しく論難していて、彼等の熱弁と政治への関心の強さに、私はあらためて自分ののんきさ加減を省みたのだった。

この集会後、全員梅田の靭公園に集まって、御堂筋パレードならぬ無言のデモ行進となった。

御堂筋の何処をどう歩いたのか今も思い出せないが、私たちの行進の後からは、鉄かぶとを被り警棒を持った警察隊がじりじりと何処までも付いて来て、はじめて私は、国家の警察権力という圧力を背中にひしひしと感じながら、黙々と歩いたのだった。

出発した鞆公園に戻り解散となって、私がようやく家に帰り着いたのは辺りに夕靄の立ち始める頃で、父は既に帰っていた。

が、私は何となく父と顔を合わせるのが躊躇われて、居間に向かって「ただ今」と言っただけで、自分の部屋に入ってしまった……。

その日の夕食は、父と母、姉、弟の五人で、いつものように食卓を囲んだ。話題が今日のデモに向けられはしないかと私は内心はらはらしていたが、母の気楽なおしゃべりのおかげで和やかに終わったのだった。

でも、夕食の後片づけを手伝っていると「今日、デモに行ったの？　お父さん、とても心配してましたよ」と母は言った。一瞬、私が口ごもると、母は私をじっと見つめたが黙っていた。

私の参加した単独講和反対の学生デモは、警察隊との日常ならぬ緊張の下に行われて、その日の政治ニュースにも当然取り上げられていて、それを父が知らないはずはなかった。

父の心には、若い娘が町中をデモって歩くなど、とんでもなく恥ずかしいことという世間への拘りがあったろうし、明治以後に行われた反政府的な思想や行動への厳しい弾圧の歴史を、父は知らぬはずもなかった。

それに連日続く学生デモの激しさから、その後の私が政治運動へ巻き込まれて行くのではないかとの心配も、父の心にはあったに違いない。が、父は私のデモ参加について、一言も触れなかった。父にしてみれば、二人の娘の中、すでに旧制女学校からミッションの女専の英文科へ進学していた姉とは反対に、子供の時からお転婆で物怖じしない私には、戦後の新しい自由な教育を受けさせ、それに娘を任せてみようかという漠然とした期待も持っていたのかもしれない。

父の叱責を受けなかったことで、あの日のデモの体験は少しも歪められずに、私の心の中に大切な記憶として今も残っている。

結局一九五二年九月には、政府の主張する単独講和が締結され、日本は主権を回復し独立国となったのである。それによって、国民の多くは一応安堵したのだった。

しかし、その翌年に日本の申請した国連加盟は、常任理事国のソ連、中華民国との講和条約未締結のため認められず、日本はこれらの国々との国交正常化には、さらに困難な努力を必要としたのは周知のことである。

その上、講和と引換に沖縄が米軍の軍政下に置かれ、国内にも米軍基地が設置される事態となり、国民の激しい基地反対闘争が今も続いているが、私たちには未だその解決の見通しも立っていないのである……。

私はようやく、深刻な問題を孕んだ時代を肌で感じるようになり、三回生への進級を前にして、これから何を学べば良いのかと迷い始めていたのだった。

戦後の欧米文化一辺倒の風潮に染まって、一途に英文学を目指して入学したのではあったが、一年間の大学生活を過ごしている中に、私の気持ちはすっかり英文学から離れていた。

その頃の英文学科と言えば、主任教授はチョーサーやシェイクスピア研究で有名な竹友藻風氏で、既に六十歳を超えておられたと思う。ステッキを片手に、ゆっくりキャンパス内を散策されている姿には、学窓深くに沈潜されて英文学研究の日々を送られているといった物静かな風格があった。先生のそのお姿には心温まるものを感じたが、私には何故か先生の下で学ぼうという気持ちは湧いてこなかった。

人間味溢れるチョーサーやシェイクスピアにも捨てがたい魅力を感じてはいたが、大戦中、私たちの眼から遠ざけられ一切封印されてきた日本や世界の歴史、それに社会とか国家とかをどう理解すべきなのか、いわゆる社会科学の領域へ、私の関心は移っていたのだった。

丁度その頃、フランスの作家ロジェ・マルタン・デュ・ガール（一八八一～一九五八）の『チボー家の人々』が、山内義雄の名訳で、白水社から出版された。全十三巻の大作だったが、学生たちの熱中振りは大変なもので、私も熱に浮かされたように、何もかも放り出して読み耽ったものだった。

この小説は作者デュ・ガールがトルストイの『戦争と平和』を意識して書いたとか、第一次大戦後の一九二二年から筆を執り、十九年の歳月を掛けて書き上げた大河小説である。

フランスのブルジョア階級に属する人々が、父、母、息子、娘、恋人など、それぞれの平穏な日常が否応なく戦争に巻き込まれていく様をリアルに描いていて、私は先の戦争の体験と重ねながら、心を揺さぶられる思いで読んだものだった。

第一次大戦が始まろうとする緊張を孕んだ中で、熱心なカトリック信者でありU県選出の前代議士チボーが、フランスの伝統的なカトリックや祖国フランスを守るために対独参戦を肯定するのに対して、自由で平和な国境のない世界をつくるという理想を信じて、戦争に反対する息子ジャックとの相克は、二つの価値観の相違を浮き彫りにしていて、とても衝撃的だったのだ。

人は個人では生きられず、家や社会の多様な集団に依存する存在である。それにも拘らず、人はそれら社会の柵《しがらみ》から自由でありたいとの想いも強い。

特に国家という存在は、その存亡の時には絶対の服従を個人に求めてくるものだ。先の大戦で、心の中では戦争を疑い、それに反対の思いを抱きながらも戦地へ赴いた者たちはどれほど多かっただろう。

個人と国家（社会あるいは家）との間には、このような深い実存的な相克、亀裂があるとの問題意識が、『チボー家の人々』を読んだことによって、より鮮明に私を捉えたのだった。

そんなある日、私は何気なく入った本屋で、当時新聞や雑誌などで活発な発言をされていた論客の一人、東大の社会学教授清水幾太郎氏の『個人と社会』という著書を見つけて思わず買って帰った。当時のこととて粗悪な紙の四百頁に近い分厚い一冊、それまで小説や戯曲ばかり読んできた私にはなんとも難しそうに思えたが、私の学ぶ方向が見つかるような気がして一心に読んだのである。

その中には、ホッブズの「王権神授説」やロックやルソーの「社会契約説」など、個人と社会との関係を考察した様々な学説が歴史的に紹介されていて、人間が個人に目覚めて、個人と社会（国家）の関係を考えるようになったことが社会学成立の契機だと述べられていた。

ようやく私は、自分の進路を社会学に見つけたように思い始めていたのである。

そんな時、高校時代から仲好しだった山谷さんが、誰しも疑わなかった彼女の純文学専攻を翻して、社会学を専攻するというのを聞いた。

私には、彼女の少し文学から離れてみたいという考えも理解できたし、何よりも同志が出来たのが嬉しくて、早速、社会学の主任教授蔵内数太先生にお会いしてみようと、直接先生のお宅を訪問することになったのだった。

その頃の住宅事情はまだまだ悪く、阪急電車宝塚線の住宅地「花屋敷」（今の山本辺り）に有る旧いお屋敷の離れに住んでおられた先生をお訪ねしたのは、その年の十二月も半ばのことだった。

庭に面した離れの和室には、難しそうな旧い蔵書が積み上げられてあり、その蔵書に囲まれて、私たちは先生にお会いしたのだった。初対面の挨拶をして顔を上げると、先生の「翁」の面のようなお顔が私の視線の先にあり、何故かその時、私は理屈なく先生の研究室へ入ろうと心の中で決めたのである。


一九五二年が明け期末試験も終わった二月半ばのことだった。私たちは一度、社会学研究室にも行ってみることにして、どんな雰囲気だろうという好奇心と不安を感じながら入り口の戸を叩くと、「ハイ！」と太い声が返ってきた。

恐る恐る戸を開けると、普通教室くらいの広さの部屋で、壁際の書架には分厚い研究書がずらりと並んでいる。中央には、長方形の長い机と背もたれのない木製の四人掛けの椅子がコの字型に置かれているばかりで、誰もいないように思えた。が、よく見ると南側の窓際に衝立が二つ立っていて、その一つから短髪で丸い赤ら顔の男性の顔が覗いていた。

私たちが「今日は！」と頭を下げると「お嬢さん方、何のご用ですか？」と言いながら、彼はのっそりと衝立の向こうから出てきた。

背広にノータイ。背は低いが鍛えられたがっしりした体格、眼は笑っているようだが、何となく強いオーラが感じられる風貌に、私たちは思わず顔を見合わせた。

「あの……この四月から社会学を専攻するので、一寸ご挨拶に」

「あ、あのお嬢さんたちですか。蔵内先生のお宅へ押し掛けたっていう……」

「押し掛けただなんて……」と口ごもっていると、もう一つの衝立の後から、また一人の男性が顔を出した。

彼は痩せぎすで、たっぷりした黒い髪をオールバックに掻き上げ、顎の尖った逆三角形の青白い顔は、まだ書生っぽさが残っているように思えた。

「へー、君たちですか。蔵内先生の処へ行ったのは！　先生、閉口してましたよ。女子学生なんて教えたことがないって」と私たちを代わる代わる眺めている。

私はなんて無礼な人たちだろうと、黙ったまま突っ立っていた。

「まあ、坐りなさい」と、やがて先の一人がベンチを指したので私たちは腰を掛けた。彼は衝立の傍に立っている石炭ストーブの上の煤けたヤカンを取り上げ、湯飲み茶碗に番茶を注いだ。

それを勧めながら、彼は「蔵内研究室の助手の氏家です」と名乗った。

もう一人も、「助手の田上です」と大きな目をぎょろりとさせながら言った。

私たちもあらためて名乗ると、出身高校は何処か、どこから通学しているのか、家族のことなどと戸籍調べの末、「社会学に女性が来たって、野郎ども騒いでいますよ。それはそうと、ゼミはドイツ語、フランス語、英語だからそのつもりで」と付け加えた。

私は揶揄されたり脅かされたりで、大学という男性の城……研究室はなかなか居心地は厳しいぞと、気を引き締めて部屋を後にしたのだった。

後で聞いたのだが、氏家助手は旧制一高の柔道部出身、京大社会学部卒業で三十歳前後とお見受けした。陸軍士官として中国での従軍体験もあるそうだが、風貌に似合わず気持ちは優しく、卒業生を始め皆から慕われているという。

でも、私たちに向けられた『お嬢さん方』の一言に、「女のくせに、女だてらに」という女子学生への一杯の皮肉が感じられて、私は複雑な気持ちだった……。

いよいよ四月から新学期が始まった。緊張しながら蔵内教授の講義がある「一番」教室に行ってみると、最前列に氏家さんと田上さんが、後の方に十数名の学生たちが思い思いに坐っている。

教養時代、いつも満席に近く学生たちのざわめきで一杯だった教室とは全く違う静けさに、私は戸惑いを感じていた。

やがて蔵内先生の講義が始まった。社会学の成立から現在に及ぶ研究の歴史を辿るいわゆる概論なのだが、史上の先達の思想を先生ご自身に向かって語り納得されていくような、静かで瞑想的な雰囲気が教室中を満たし、時折受講する学生の微かなペンの走る音が聞こえるばかりだった。

いつかどこかで読んだ評論家高橋英夫の一文に、氏の恩師であるニーチェ研究の故国松孝二教授の講義の様子を、「独白としての学問が存在していたのだ……」と表現されていたが、蔵内先生の講義も全くその様だったと、私は先生の言葉の抑揚までも懐かしく思い出すのである。

その他、小山隆先生の戦後のアメリカ社会学紹介の講義も、印象深かった。

それまでの思惟的なヨーロッパの社会学とは違って、アメリカ社会学のフィールドワークを重んじた実証的な学風は、社会学の新しい分野を代表するものとして注目されていたのだった。

最近では、歴史学、民俗学、政治学など多くの分野で、このフィールドワークという研究方法は、大きな成果を上げているけれど、当時は全く新しい研究方法で、小山先生のこの講義に掛ける熱意が、強く伝わって来たものだった。

丁度その時、第二次大戦を経て日本人の道徳意識がどう変わったか、『戦後日本人の道徳意識の調査』という社会調査が総理府統計局によって企画された。私たちの研究室も小山先生のご指導の下に総出でこの調査に参加し、実地にフィールドワークを体験することになったのだった。

調査の対象地域は大都市、近郊農村、山漁村などに分かれ、それら地域による意識の比較調査も意図されていた。

男子の学生など、深い山村に入って何日も逗留しながらの調査は結構大変そうだったが、私はいつも山谷さんとペアで大阪市やその近郊を廻り、それでも、私のそれまで知らなかった社会の実態を垣間見たようで、今もその体験は私の心に強い印象を残している。

調査の対象者は今の世論調査でも同じだが、住民の中から無作為のサンプリングで選ばれる。私たちは先生から渡された調査地域の地図を辿って、その対象者の家を探し出しアンケートに答えてもらうという手順である。

私たちの調査区域は大阪市の何区だったか、市の中心部だったことは確かだが、山谷さんと地下鉄の駅を下りた時、目の前の光景に絶句した。この辺りは空襲の被害が深刻だったと聞いてはいたが、もう戦後七年も経つというのに、見渡す限りただ広い広い波打った地面がどこまでも続いているばかり。稀に、建材の板切れや棒杭のようなものが積まれているだけで、昼間なのに子供の姿も見えず、人影は全くないのだった。

私の住んでいる市は空襲を免れたお陰で、昔のままの活気も戻っているというのに、戦後七年の大阪の町のもぬけの殻のような空き地の広がりや、その言い難い寂寥の漂う光景に、私たちはただ茫然と立ち尽くすばかりだった。

何度も確かめてみるのだが、先生から渡された地図には名前がちゃんと書かれている。一体どこに家があるのか、全く手がかりの付かない広い広い空白の地域は、地図の上でどの位の区画に亘っているのかさえ見当も付かず、二人はひたすら歩き回った。

その平らな地面にぽつんと土饅頭のように盛り上がったところを見つける迄には、どの位の時間が経っていただろうか。近づいてみると、それは防空壕の後らしく、人の出入り口と思われる穴に木の板が張ってあって、誰か人が住んでいるらしい……。

私たちは思わず息をのみ顔を見合わせ、恐いのも忘れて、大声で名前を呼んでみた。すると、その板がすぐに開き、ひとりの痩せこけて真っ黒に日焼けした中年の男性が現れたのだった。カーキ色の国防服姿だった。

私たちはその人の暗い表情ながら実直そうな印象に安心し、訪問の趣旨を述べ名前を聞くと、当に探していたその人だったのである。

彼は黙ったままアンケート用紙にすらすらと回答を書き入れ、また質問には直ぐさま明快な答えが返ってきて私たちを驚かせた。

その間中、彼の無表情は変わらず取りつく島もなかったが、どこか遠くを見ているような眼は澄んでいて印象に残っている。

彼は焼夷弾で跡形もなく全焼した自宅に帰ってきた復員兵なのだろうか。どれほど家族を捜したことだろう。

それにしても、彼の澄んだ眼は何を意味しているのだろう。彼の口からは落ち着いた常識的な答えが返ってきたが、彼の心の奥底にはどんな思いがあるのだろう。

私は、戦争というもののどうしようもない理不尽さを見たようで、心が震える思いだった……。

ともあれ、この調査がどのように統計的に処理され、どのように資料として使われたのかなどは、学生の私など知る由もないが、戦後七年目の人々の意識は、都市でも農漁村でも、戦前のそれと殆ど変わっていない……日本人の素朴で温かい人間関係を大切に思う気持ちは、やはり強いものと感じたことだけは確かである。

私はこの調査に参加したことで研究室の先輩たちとの距離が思いがけず縮まり、週に何回か出席する講義やゼミナールの雰囲気にも余り抵抗を感じることなく溶け込めるようになったことは嬉しい収穫だった。

研究室の先輩たちは戦中戦後を様々に生きてきた人が殆どだった。学徒出陣で出征し復員してきた人、旧制の高校を卒業したものの戦後の混乱で中断していてようやく復学した人、アルバイトや奨学金で苦学している人など、年齢的にも歩んできた経歴も様々で、私には近づき難い存在だったのだ。氏家さんの「お嬢さん方」発言も、私は次第にもっともだと思うようになっていた。

それはともかく、何よりも私が研究室で苦労したのは、ゼミナールのドイツ語だった。入学時、山谷さんも私も、第二外国語として仏語を選択していたので、ドイツ語は全く知らない。でも、文化社会学専門の森東吾先生のゼミでは、ドイツ社会学の原書から抜粋された手書きの謄写版刷りのプリントが、いつも配られてくる。これを読まずにやり過ごすことは出来ない相談だった。

慌てた私たちは一回生の初級ドイツ語教室に入って、初歩からのドイツ語習得に懸命の日々が続いた。英語や仏語から類推すれば、同じゲルマン語族のドイツ語の構造や文法はすぐ理解できたが、なにしろ語彙に乏しい。

プリントが配られると辞書と首っ引きで単語調べ、翌週までには何とか解読して行かねばならないのだった。

今振り返ると、私を遮二無二頑張らせたものは、男性の先輩たちへの見栄もあったが、森先生の語られる文化社会学の興味深さだったように思う。

世界のそれぞれの地域にはそれぞれ固有の文化があって、人はその独特の個性を楽しんでいるが、当の文化とそれを生み育てた社会とはどのように関係し合っているのか……。長い間、文化は社会や歴史と無関係に人間の精神的な創造力によって生み出されたものと考えられてきたが、十九世紀の中葉にマルクスの唯物史観が発表されるに及んで、文化とそれがよって立つ社会とは互いに拘束し影響し合うものという認識が生まれた。その相互の関係性を探り検証するのが文化社会学の分野だと知り、私は自分の能力など考えもせずに、面白そうだなと思い始めていたのだった。

毎年五月に行われる大学祭では、大学の起源ともなった大阪北浜にある『適塾』の見学会やそれに因んだ講演会が開かれる。この年は蔵内先生が『適塾』の理事になられたのを機会に、研究室のみんなで適塾訪問となった。

私は初めて見る町屋風の素朴な建物や、二階の小さな木机が並ぶ塾生たちの教室、黄ばんだ『解体新書』や手書きの人体解剖図を見ていると、江戸の後期、新しい外来の知識に憧れて、熱い想いで集まってきた若者たちの姿が目の前に彷彿として浮かぶように思えたのだった。

このように色々の刺激を受けて、私がようやく社会学の輪郭を掴みかけていた年の暮れに、「そろそろ卒論のテーマを考えておいた方が好いよ」と、いつもは無干渉主義の氏家さんから声が掛かって、そう言えば私も来年は四回生なのだといささか慌てた。

山谷さんはというと、フィールドワークに興味を持ったらしく、それについてもっと学んでみるつもりと、早くも目標を決めて落ち着いていた。

私は『適塾』を見学した後、明治の開明期を知るにつれ、当時の人々が欧米文化へと傾斜していく様と、一九四五年の敗戦後の私の体験した日本の姿とが否応なく重なって来るのだった。異なった二つの文化が接し合うとき、必ず熱中や葛藤はあるものだが、一体どのようなプロセスで二つの異なった文化は交わっていくものなのか、その異文化接触について、明治前半期を一例として考察してみるのも面白いのではないかと、生意気にも思ったのだった。

今思えば、確かに私の手に余ることではあったのだが、生来楽天家の私は何とかなるような気持ちだった。

ただ、先生方や先輩たちから女子学生の力を認めてもらうためには、卒論はきちんとしたものを書かねばという意地はあったのである。

正月明けの講義は一月半ばから始まった。が、大学院生や四回生の姿は殆ど見えなかった。

彼等は二月末に提出期限の卒論の仕上げに忙しく、また、卒業後の就職先を求めて日々奔走しているのだと聞いた。

一九五三年の日本は、先の対日講和条約、その後に結ばれた日米安保条約を軸にして、韓国、台湾、フィリッピンなど、太平洋をめぐる諸国との集団安全保障の一環として、米ソの冷戦の危うい バランスの上に一応の安定を保っていた。

しかし経済的には、朝鮮戦争の特需で復興の手がかりを掴んだとはいえ、未だ戦争前の水準に達した程度だった。いずれの企業も外地からの引き揚げ者や復員軍人を受け入れねばならず、生産活動の即戦力とならない文科系の学生にとって、就職は難しいのが現実だった。

三月に入って、四回生の二人がそれぞれの縁故先の企業に入社が決まって、研究室の空気が一度に明るくなったものだった。

私も卒業後のことも気がかりではあったが、ようやく四月になって、明治の開明期の資料を集めて読み始めたのだった。

その四月、研究室に入って来たのは新制高校卒業の三人の男子学生だったので、男女共学は経験済み、私たち女子学生との生活意識の差もなく、また後輩でもあるし、私は緊張したり構えたりすることもなく彼等と自然に接する事が出来た。それまで感じられた研究室の権威的な男性優位の雰囲気も消えて、気が付くと研究室は、私にとって心地のよい居場所に変わっていたのである。

そんなある日、私は読んでいた資料の中で、中江兆民（一八四七〜一九〇一）という人物を知ったのだった。

彼は土佐藩の貧しい下級武士の生まれだが、藩の漢学塾で学んだ秀才で、後に長崎へも遊学した。折しも、彼は一八七一年のパリコミューン・第三共和制時代のパリに留学を果たし、パリ民衆の反政府的気分を肌で感じもし、ルソーの「社会契約論」も学んだのだった。帰国後それを漢訳したり日本で初めての哲学概論『理学鈎言』などを著して、執筆活動に励んだ。

明治の思想界で活躍した人と言えば私たちはやはり福沢諭吉を思い浮かべるが、兆民は生涯在野の思想家として個人の人権の尊さを説き、国会開設と憲法制定の必要を唱え続けた人だったのである。

その文才や学識の深さにも拘らず、あまり世に知られていないのは、出世欲や権勢欲などとは一切無縁の清廉な人であったが故である。

兆民がフランス留学から帰国した年（一八七四）、板垣退助たちの民選議員設立建白書が出され、自由民権運動が始まるのだが、彼は終始その運動に深い関心を持っていた。しかし実践運動には参加せず、フランスで得た民主主義思想を運動の理論的支柱にしようと考えていて、『民約論』の訳出もそのためだったという。もっとも、運動の指導者として政府の「保安条例」違反で大阪へ追放になったり、そこから第一回の衆議院選挙に立候補して当選したこともあったが、彼の面目は、やはり社会思想家としての活躍にあったと思う。

彼の代表的な著書『三酔人経綸問答』は、彼の思想を知る上で、もっとも興味深いものである。

これは、ブルジョア・デモクラシーと平和主義を代表する洋学紳士、壮士風の国権主義を唱える豪傑君、穏健進歩的な自由主義者の南海先生、この三人が酒を酌み交わしながら鼎談するという形式で書かれている。

最近の研究では、これら三人は、それぞれ兆民の分身なのだと考えるのが適当だというのが大方の意見であるようだ。

この本から垣間見えるものは、片《かた》や民権運動、片《かた》やそれを抑えようとする藩閥政府、又、中国侵攻によって国内の守旧派や不満分子を一掃しようという国権論者など、彼等が争い合う明治という転換期の日本の複雑な社会だと言えようか。日本の明治時代に興味のある者には、なかなか面白い一冊であると思う。

それにしても今出版されている岩波文庫の『三酔人経綸問答』では、丁寧な口語訳が付けられているが、私の読んだ頃は原文で書かれたものしかなく、難解な漢字ばかりが多くて読了するのにどれ程苦労したことか……。

私の学生時代の一九五〇年代の初めには、日本史研究は、長い間の皇国史観という呪縛からようやく解放されたばかりで、明治維新の学問的評価も定まっていなかったといえるかもしれない。兆民について論じられたのも、ようやく一九六〇年代半ばになってからのようである。

私が最近になって興味深く読んだものの中に、兆民の生涯について松本清張が書いた『火の虚舟』(全集に収録)がある。これは一九六六年(昭和四十一年)に書かれているが、清張の鋭い洞察力によって、兆民の姿が鮮やかに描き出されていて、あらためて彼の人柄に魅せられる思いだった。この著書がもう少し早く世に出ていたらと、私は残念に思ったものである。

私の幸運は、教養時代に受講した政治学の増田毅先生(後神戸大教授)が兆民を研究しておられると知って、厚かましくも先生のお宅にまで押し掛けて、当時まだ気鋭の研究者という印象の先生から、色々教えて頂けたことである。

女子学生の私が資料やメモ帳を手に伺うと、先生のお顔がぽっと紅潮し、ご自身の兆民論を熱心に話して下さったり、政治学雑誌に出された先生の論文なども惜しみなく読ませて頂いたもので、私にとって、これ程貴重で楽しい時間はなかったとも言える。その一時は、人生を一枚の織物に譬《たと》えるならば、私の人生という織物の中で最も美しい織り糸の一本であると、今も思っている……。

こんな風にして、意気込みばかりの粗末な論文を、私はようやく書き上げることが出来たのだった。その題は「兆民をめぐる一考察」である。

卒論審査会の時、蔵内先生から「兆民を取り上げたことは評価できるが、少々思想史的に過ぎるね」とのご批判を頂いた。

当時私の力では、兆民の深い漢学的素養とヨーロッパの自由主義思想とが、どのように彼の中で結びついたのか、また反撥し合ったのか、その思索の軌跡を明確にすること、更に、それを文化接触の問題として掴み取ることは出来なかったのである。

私は先生からご指摘された問題点について、私なりにもっと掘り下げたいという思いで、研究室に残ることを希望したのだったが、先生の「結婚し給え」の一言をどうしても覆すことが出来なかった。今思えば、私の能力もさることながら、学内の少ないポストを目指す男性の研究者は多く、先生は私の将来に責任は持てないと思われたのに違いないのだった。

当時の女性には、結婚か仕事かという二者択一の選択しかなかったのである。

「勉強は何処でも、何時でも出来るものだよ。毎日一頁でもよい、本を読み続けなさい。長い間には、思いがけない宝になっているものだよ」と言われた蔵内先生の言葉に、私は素直に従うはかなかった。

卒業後企業に勤める気もなく、教師にもなりたくなくて、私は心ならずもモラトリアムな生活を選んだのだが、両親の期待も「大学は出たけれど」という世間の眼も、私には大きな重荷だった……。

卒業の春を迎えて、私は目途のない惑いの中に立っていたのである。

思い出を紡ぐ

「きもの」つれづれ

浴衣のワンピース

最近では道すがら、着物姿の人を見かけることは殆どなくなった。一月の成人式の前後に、華やかな振り袖姿を目にするくらいだ。

百貨店のマネキン人形のように派手に着飾った若い娘たちも可愛いけれど、落ち着いた江戸小紋や紬などを粋に着こなした熟年女性に出会うと、私は思わず足を止めて、彼女が行き過ぎるのを眺めてしまう。

帯で締め付けているような堅苦しい印象の正装姿より、体にゆったり纏うような着物の着こなし姿は、何とも艶やかに見えて目を楽しませてくれるもの。

すでに故人になられたが、幸田文さんも、そんな着物の着こなし上手な女性だった。

彼女の遺作でもある『きもの』は自伝とも云える一方、着物がかつての日本人の暮らしの中で、女性たちによっていかに愛され大切に扱われていたか、また着物に絡んで起こる機微、女心の動きが生き生きと描かれてもいて、私には、彼女が娘時代を送った大正から昭和にかけての女の生活史を見る思いがして、とても興味深い。

主人公のるつ子は、株屋の番頭である父の質実な家庭の中で、一人の兄と三姉妹の末っ子で育ち、いつも姉の着物の仕立て直しばかりを着せられていて、不満を託《かこ》っている。でも、しっかり者の祖母が居て、着古して痛んだ着物の膝や腰の部分を裁ち落とし絣や柄の模様合わせをして、その繕った部分がおくみ下や帯下に隠れるように仕立て直す……。その針仕事を自分の仕事として引き受けて強かに生きる祖母の姿から、彼女は生活の知恵を学びながら成長していくのだ。

私は物語を読み進むうちに、この祖母と先の戦中戦後を生きた私の母とが重なって、私の娘時代のあれこれのシーンが懐かしく思い出されるのである。

先の大戦後の深刻な食料不足については誰もが知るところだが、成長する子供たちの衣服をどのように工面するのかも、親たちを悩ませた大きな問題だったことはあまり語られていないように思う。

戦後数年経っても、街の洋服屋は殆どシャッターを下ろしていて、新しい生地や洋服など闇市へでも行かなければ、手に入らなかった。

どこの家でも、手持ちの古い父親のコートや背広、母親の着物などを様々に工夫し仕立て直し、子供たちの必要な衣類に当てられていたのだった。

とまれ、このことは空襲による被災を免れた幸運な家庭の話ではあるのだが……。


ところで、るつ子の祖母の仕事は古い着物を裁断し直して元の着物に仕立てるという単純な作業だが、戦後の母たち女性が立ち向かわねばならなかったのは、洋裁という殆ど未知の裁縫技術だった。

当時の記事を読むと、戦争の終わった翌年の一九四六年には、東京の焼け跡に杉野芳子や田中千代などが主催する洋裁学校が早くも開かれていて、新聞やラジオや多くの婦人雑誌を通して、洋裁の様々な知識や技術が伝えられ、人々の間に普及していった様子がよく伝わってくる。

着物（和服）から洋服へという変化は、戦後の日本人の生活を立て直すために必然的に起きたことではあるが、それは又、簡便で合理的なものへと、日本人の生活意識や生活スタイルをも変えていったのである。


それはさておき、戦後五年目の一九五〇年の四月に、私は憧れの大学生になった。

そして当時、若い娘を持った母親たちがそうしたように、母も乏しい衣料を工夫して「どのように好ましく娘を装わせるか」と苦労していたのだった。でも、私はそんな母のことを考える暇もなく、初めて体験する大学生活に好奇心いっぱいだった。

が、ある夏の日学校から帰ると、茶の間にいた母が「お帰り」と言うや否や、「これ覚えている？」と一枚の浴衣を広げて見せた。

それは白地に赤やオレンジ色の菊の花模様の浴衣で、私の小学生の頃のものだった。

「へぇ！　こんな浴衣まだ家にあったん？　覚えているよ」と、私は突然のことに驚いた。

「そうよ。戦争中は何でも大事にしまっておいたものよ。それも、焼夷弾で焼けなかったからあるようなものだけど。これとお揃いの靖子（姉）の浴衣と合わせれば、あんたの洋服が一枚出来ると思いついたのよ」と、母はその思いつきに満足しているようだった。

「えぇ！　こんな柄の洋服着られる？」と私。

「もちろん普段着よ。立派な木綿だもの。肌触りが良くて着心地は満点のはずよ」と自信ありげである。

私は母の顔を一瞬見つめたが、「お母さんに任せるわ」と、そそくさと茶の間を出た。

私はその日のうちに、どうしても読み終えたい本を抱えていたのだった。

自分の部屋の机の上にカバンを置くと、読みかけの本のページを開いたが、さっきの母との会話がなんとなく気になっていた。あんな和風に描かれた花柄の浴衣が、母の言うように洋服になるのかしらと。それを着ている自分の姿が、なんとなく無様で滑稽なもののように思われて仕方がなかった。男女共学が始まったばかりのその頃は、男子学生の多い大学の教室では、女子学生はいつも彼らの視線を意識させられた。その洋服を着た私を見て彼らは何と思うだろう。

特に気になる彼の眼差しが、好意から一気に嘲笑に変わるのではないかと、私は急に不安に襲われた。でも、そんなことを想像する自分が嫌になって、慌てて読みかけの本に目を移したが、なかなか物語の中へは入って行けなかった。

それから一週間が過ぎたころ、学校から帰宅すると、母は待っていましたとばかり「出来たのよ、ワンピースが。ちょっと着てみてごらん」と、それを私の前に広げて見せた。

見ると心配していた大きい浴衣柄の花模様は、適当に袖や胸やスカートに散らばり、思いの外目立たずに洋服の中に収まっていた。

「どう？　結構可愛らしいでしょう」と母は満足げだった。

私は母の気持ちを思うと、素直に着てみるしかなかった。が、着てみると不思議に違和感はなく、母が言ったように軽くて肌触りも良かった。

「よく似合っているじゃないの」と母は姿見の中の私を後ろから眺めながら言った。私も「ほんと、よく似合っているわ。上手な仕立屋さんねぇ」と手を腰に当てて、陽気に（おすまし）のポーズで、鏡の中の自分を見つめていた。

今思えば、あのドレスを着こなしていたのは、私の若さだったのかもしれないが……。最近の個性的でお洒落な若者たちの服装を見るにつけ、母とのこの懐かしいシーンをふと思い出すことがある。

着物から洋服への変化は歴史の必然ではあったし、自由で活動的、自分流に着こなせる洋服の有難さを楽しんでもいるけれど、やはり日本人が古くから馴染んだ着物には、なにか郷愁を誘うものがあり、深い愛着を覚えずにはいられない私が居る。

久留米絣

男性の着物姿も良いものだが、この頃では滅多にお目にかかれない。

けれどもう数年も前の正月のことだが、松の内が明けた日に、京都市役所職員がそれぞれ和服で登庁している姿がテレビに映されていて、京都市長の角川大作さんも着流しの和服姿だったのには驚かされた。

なんでも日本の和服の良さを世界中にアピールしようとの目論みとか。市長の着物は見るからに重目の紬織のようで、その艶やかさはひと際目立っていて、氏の着物好きも相当なものだと思った。私としては紬も悪くはないが、木綿の久留米絣の方が好きだ。尤も、それは若者向きだけれど、太い木綿糸で織られた藍染めの紺地に白い絣模様も素朴で、いかにも清々しい。

綿が日本に入って来たのは何時頃のことか知らないが、古い記録によると、平安時代の地方特産物の中に越前綿が挙げられているので、平安末期には、すでに木綿が使われていたのかもしれない。柳田国男の随筆『木綿以前の事』には、それまで庶民が衣服に使っていた麻などの織り目の荒い布地とは違って、木綿は人肌に優しく着心地がよいと、人々が目を見張る様が生き生きと描かれていてとても面白い。

先の大戦後の私たちの衣服生活は、優れた化学繊維が次々と生み出されて、驚くほど豊かになった。が、それら化学繊維は、絹や木綿などの天然素材の持つ風合いの良さや色目の微妙な美しさには、到底及ばないといつも思う。

前述のように、木綿は肌触りも良く、体に素直に馴染むところは日常着に最適で、久留米絣が昔の若者たちに愛用されたのも頷ける。

私の兄なども学校から帰省すると、いつも久留米絣を着せられていたものだが、私にもこの久留米絣に纏わる懐かしい思い出がある。


それは私が大学卒業を三月に控えた一九五四年の正月のことだった。

卒論提出は二月末と迫っていたし、卒業後の進路もまだ決めかねていた私は、纏まらない考えを追いながら、自分の部屋に籠っていた。

静かな昼下がり。玄関で呼び鈴が鳴り、階下で来客を出迎える母の声が聞こえたと思うと、「惇子、山村さんですよ！」と呼ばれて、「彼はまだ正月休みだったのかな」と、なにか救われたような気持ちで立ちあがった。

玄関に出てみると、久留米絣の着物と羽織姿で彼が立っていたのだった。彼の思いがけない和服姿に、私は少なからず戸惑ったが、仕立て下ろしと思えるその久留米絣は、彼の立ち居まで男らしく引き締めて見せていた。

母は高校時代の兄を思い出したのか、懐かしそうに「若い方の着物も好いものね。よくお似合いよ」と、しきりに褒めた。

私も少し気恥ずかしくはあったが、母に合わせて褒めると、彼はちょっと頭を掻いて、参ったなという風に私の顔を見て笑った。

彼とは小学校時代からの幼馴染である。太平洋戦争が激しくなるにつれ自然に疎遠になって行ったが、戦後、高校生の時に開かれた同窓会で再会し、以来グループでのハイキングやレコード・コンサートなどの中で、私たちは子供時代のような互いに気の置けない友達になっていたのだった。

彼は戦後の教育改革の狭間で、飛び級で一年早く大学生になったので、すでに一年前の三月には卒業して就職、ようやくサラリーマン生活一年目を終えるところだった。

二階の洋間の椅子に座るや「まだ、会社始まらないの?」と聞くと、「今日は新年のご礼会やけど、行っても別に大したことないから、休んだんや。それより、君の卒論はもう出来た?」という返事が返って来た。

「まぁね。あと清書したら良いだけなんだけど」と答えながら、彼が私の卒論まで気にしていたことに、少し驚きもし、嬉しくもあった。

「さすがに早いなぁ。文学部の友達に聞くと、締め切りの期限ぎりぎりになってから、徹夜で仕上げたなんて奴は、幾らもいるらしいよ」

と私を褒めてから、躊躇いながら、「それで……、就職の方は決まったの？」と訊いたのだった。

「今時、女の子の就職口が、そう簡単に見つかるわけないわよ」と自嘲気味に答えると、「そりゃそうやな。どこの企業にしたって、敗戦当時の廃墟から立ち直るために四苦八苦しているんやから、新しい事業や雇用の拡大なんて、とても望めないことかもしれないね」と、彼は神妙な顔をした。

「それに、就職が出来たとしても、女はやっぱりお茶汲みでしょ？　男女差なしの条件で、採用試験が受けられることはまず無いし、仕事の上でも男女平等なんて職場はあるかしら？　あるとしたら、教職ぐらいのものね。でも、私、教師になる気はないし……。教えるより、まだもう少し、自分の納得するまで勉強がしたいなと思っているのよ」と、一気に思いを吐き出してしまった。

彼は、着物の袖を絡めて腕を組み、しばらく考えていたが、「じゃ、大学へ戻る気なの？」と私の顔をじっと見つめた。

「それも考えているけど、親に負担はかけたくないもの。民間の研究所みたいなところが有ればいいけれど、今そんなゆとりのある企業が有るはずもないし。大学や公立の研究所は、数も少なく、今の私の実力では無理ね。だから、悩んでいるのよ……」

「……」

彼はそのまま、むっつりと黙ってしまった。

私は正月早々、まずい話題になったことを後悔していた。

その時、母が茶菓を運んできてくれて、彼との間に一言二言会話が交わされて、ようやく部屋の空気は少し和んだ。

私はすかさず、「ショパンでも聴かない？」と、彼の好きな「ポロネーズ集」のレコードをかけたが、あまり彼の気分を解すことは出来なかった。

やがて「明日から出勤やから帰るわ。君も頑張れよ」と言い置いて、彼は冷たい一月の外気の中へ、久留米絣の後ろ姿を見せて帰って行ったのだった。

気がつくと辺りはもう夕靄が濃く立ち込めて、彼が遠ざかるにつれ、背中の絣模様が淡く霞んでいくように思えた。

久留米絣は、私の青春の思い出に、ほのかな色合いを添える着物である。

思い出を紡ぐ

（一）『青い服の女』

その日、大学三年目の最終講義を終えた私は緊張から解放されて、校舎に囲まれた狭い中庭へ真っ先に飛び出していった。足下の芝生もようやく芽吹き始めたのか、柔らかい春の感触が心地よかった。

その時、後から誰かに呼び止められたような気がして振り返ると、そこに見覚えのある一人の学生が立っていた。彼を見たとき、登校時に乗る阪急宝塚線の電車の中や、駅から学校までの通学路で時々出会うことがある顔だと思った。大きな目、秀でた印象的な額、痩せた体に手足がぶら下がっているといった風で、まるで童話の中のピノキオみたいだと私が思ったことも記憶に残っていた。

その彼が、私に何か言いたげに立っていたので、私は慌てて「何かご用ですか？」と少し固い顔になって言った。

すると、彼は遠慮がちに「僕は法学部二回生の岡本忠成です。二科会で油絵をやっていて、秋の二科展に肖像画を出したいのだけれど……。少し厚かましいけどモデルになって頂けませんか？」と言ったのだった。

私は、あまりの唐突さに驚いて、返事に窮した。彼の言葉の意味も良く理解出来なくて戸惑っていると、向こうからさっきまで同じ講義を受けていた「研究室」の仲間たちが近づいて来るのが見えた。私は、彼らに詮索がましく聞かれるのが嫌だったので、咄嗟に「いいわ」とぶっきらぼうに返事をしてしまった。彼は、後で家へ電話をすると言い残して、小走りに中庭を出ていった。

私はその日一日落ち着かなかった。

果たして、夜に彼から電話があった。次の日曜日の都合を聞いてから「午後一時に豊中駅で待っていてください。僕の家へ案内しますから……気楽な服装で」と言うと電話は切れてしまい、私は暫くぼんやりしていた。

彼は法学部の学生だが、彼の風貌や印象から六法全書よりキャンバスを抱えている方が似合いそうだなとは、彼と初めて出会った時からの私の印象だったが、その私の直感が当たってしまって、私は不思議な気持ちの中にいたのだった……。

日曜日の午後、私はお気に入りの淡いピンクのワンピースを着て、母には「研究室」仲間の山谷さんの処へと言って家を出た。

「山谷さんへ行くのにそんなドレスを着たりしてどうしたの？」と母に聞かれそうな気がしたが、母は黙って見送ってくれた。

豊中駅に着くと、既に彼は待っていた。私の服装にちらと目をやったが何も言わず「僕の家はこっちです」と線路の向こう側を指して、彼はさっさと歩き出した。

私はこのワンピース気に入らなかったのかしらと少し不安になったが、黙ったまま彼の後について踏切を越え五、六分ほど歩いただろうか。静かな古い住宅街の一角で彼は足を止めた。そこが彼の家で、戦前からの和風の建物、広い庭が辺りを囲んでいた。袖を拡げたような門構えの片側のくぐりを入ると、格子戸の玄関がある。彼が戸を開けて私を振り返ったとき、小柄な思っていたより年輩の人の良さそうな母親らしい人が出てきた。

彼は少し照れくさそうに「母です」と言い、私が慌てて初対面の挨拶をすると、私を大学の友達と紹介し、急き立てるように彼の部屋へ案内した。

その部屋は二階で、六畳の和室だった。南側の窓際の机と向き合うように画架が立っていて、十号ほどのキャンバスが載せてあった。

「洋服、普通のブラウスの方が良かったけど、まあ、いいや」と言いながら「ここに座ってみて」と彼の椅子に掛けさせられ、顔の向きは、手は何処へ、足は自然にと、色々気難しい注文を受け、私は初めて経験するモデルの気分を半分興味深く半分緊張気味に味わいながら、彼の言うままになっていた。

彼は納得するや、もうコンテを手にデッサンを始めていた。静かな部屋の中に、コンテのキャンバスの上を走る乾いた音だけが聞こえていた……。

小一時間も動かずに座っているのは、結構骨の折れる仕事だったが、やがて母親が和菓子とお茶を盆に載せて部屋へ入ってきたので、デッサンは小休止となった。

彼女は「済みませんね。ご無理をお願いして」と私に頭を下げ笑顔で茶菓を勧めると、さっさと部屋を出ていってしまった。

お茶を飲みながら「一遍、貴方を描いてみたかったんだ」彼は、ぽつりと言った。

「どうして？」と問いかけて、その言葉を私は飲み込んだ。まだ何も知らない彼の心に、余り入り込むのはいけないことのような気がして……。

「この絵は一つの習作なんですよ。もう少し小さいキャンバスで、もっと自由に貴方のイメージが出せればと思っているんだけど。それを出展するつもりなんですよ。どんな絵になるかなあ」と、彼は遠くの方を見るような目をした。

私は、コンテで書き殴られたような私のスケッチを黙って眺めていた。

お茶の後、又一時間ほど描き、第一回目は終わった。

それから四、五回のモデル役が続いただろうか。回を重ねる毎に、私には彼と時間を共有することが何となく楽しいことに思えてきたのだった。

ようやく完成したのは四月に入ってからで、キャンバスの中の私は、ピカソの『女の顔』のような激しいデフォルメはされていなかったが、私の顔のようでもあり、私ではないようでもあった。

「これは一つの下絵です」と、彼は又弁解するように言って、出展作品が出来たら是非見て欲しいとも言った。

いつも描き終わると、たまには学校の話も出るが、大抵、絵のことや音楽のことが話題になった。彼は本棚から古い画集を出してきて熱っぽく話し、特にゴッホやマチスなどフォーヴの画家たちの色彩豊かで描線の力強い作品が好きなようだった。

が、彼の一番お気に入りは、何と言ってもデュフィの絵で、その頃の私は、その名も知らなかった。デュフィは十九世紀から二十世紀半ばにかけてパリで活躍した画家なのだった。

画集で見ると、競馬場の馬たちのスピーディな動きや音楽会の演奏風景など、素早い筆の動きで軽やかにその情景を描きとり、色彩も水彩画のような透明な明るさを持つ楽しい絵だった。およそフォーヴの画家とは思えない軽妙で洒落た絵で、私も一度彼の絵を生で見てみたいと思った。

当時は、ヨーロッパ美術展は人気も高く屡々《しばしば》開かれていたが『二十世紀フランス名画展』だったかが天王寺美術館で開催されたのも、それから間もなくのことだった。

デュフィの絵も展示されているという彼に誘われて美術館を訪れてみると、ほんの二、三点の絵『ニースのカジノ』や『レガッタ』だったか記憶は定かではないが、光によって様々な色調を見せる青い海の風景に、なんて美しいブルーなんだろうと、私は見とれたものだった。

私を描いた彼の作品は『青い服の女』と題して秋の二科展に出され、入選を果たした。

背景も人物の私も、殆どあのデュフィの青の濃淡で塗り上げられ、私の顔は黒いシルエットの横顔で描かれている……およそ写実とはほど遠い抽象的な作品だった。

私は何故「青」なんだろう？　と思った。

音楽好きのデュフィは、晩年、モーツァルトに「青」を基調にした『モーツァルトに捧ぐ』を贈っている。

私のイメージもモーツァルトと同じ「青」なのだろうか？　そんな自惚れめいたことなど聞いてみる勇気は、その頃の私にはなかった……。

(二) それから

私の大学卒業は一九五四年、思えば半世紀も前のことである。

戦後の混乱期をようやくくぐり抜けたとはいえ、戦争によって企業の受けた打撃は深刻だった。一九五〇年に起きた朝鮮戦争の特需でその生産活動はようやく活気を取り戻したものの、生産力は戦前の水準に達したばかりという有様。その上、戦地からの復員軍人や引き揚げ者を受け入れねばならぬとあって、いずれの企業も新規採用の余地はなかった。大学新卒者の就職も生産を支える技術系ならまだしも、文系の学生など余程の縁故がなければ期待できない厳しい状況だった。

そのような中、女子学生の就職の機会は殆ど無いに等しく、たとえあったとしても雇用のあり方には明確な男女の差があった。それを拒めば比較的女性の立場も認められている教師になるしかなかった。当時「でも、しか先生」（教師にでもなるか、教師にしかなれない先生）という言葉が専ら囁かれ、諦めに似た無気力感が学生たちの間に流れていたのだった。

ともあれ、私に関しては、我ながら〝教える〟という意欲が希薄で、教師には向かないと思っていた。むしろ、もう少し学びたい気持ちが強かったのだが、その頃は女子学生の大学院への進学について、教授方の意見は全く保守的なもので、私は自分の進路をどう決めたらよいのか途方に暮れていた。先生方にとって、女性が「研究室」でいつまでも書物に囲まれている姿は納得できないもの、女性は家庭にいる姿が一番自然で美しい～「君、結婚し給え」と私の顔を見る度に言われたものだった。

その頃、大学でも教授への道は狭く、男子の研究者の多くもポスト待ちの状態だったのだ。そんな中へどうして女子学生を抱え込むことが出来ようかと、優しい老先生方は思われたに違いないと、今にして思う私である。

それはともかく、卒業はしたものの、私は家事を手伝いながら自分の好きなように、自分の好きなことをしてその日を送るモラトリアムな人間になっていた……。

その年の夏の終わり頃だったろうか、暫く会っていなかった彼から、大阪の製薬会社に就職が決まった（彼は一年後輩なので）と知らされた私は、少なからず動揺もし、又、何か言い難い落胆が心の中に広がるのを覚えた。

彼は法学部の学生だが、私から見れば、法律や政治の世界で生きていく人ではないし、又、一般企業の枠の中には収まらない人だと思っていた……。具体的には言えないが、彼には何か造形的な仕事が向いているのではないかと思っていたのだった。

今のように豊かではなかった時代に、自分に合った自分らしい生き方を選ぶというのは、ある意味では贅沢なことであり、又、自分の才能と意欲だけが頼りの厳しい選択でもあったが、私は意識の何処かでそんなことを彼に望んでいたのだった。

でも、これは彼の考える問題だし、モラトリアムな生活をしていた私に何を言うことが出来よう。

むしろ、就職難の中で堅実な上場企業へ就職できたことに、私は喜んであげるべきなのかも知れないとも思い返していた。

背広姿の彼を見ていると、今までになく大人っぽく社会人の貫録さえ感じられて、いつまでも自分の生き方を見つけられない自分の腑甲斐なさが情けなかった。

就職後の彼は私の脳みなどお構いなしに、休日には姿を現して、御堂筋の季節の移り変わりや、会社の仲間と登ったアルプスの風景などを8ミリカメラに撮り、それを編集する楽しさなど話して、いつも陽気だった。

私には、彼は思いの外サラリーマン生活を楽しんでいるのではないかと思えたものである。

ところが、就職一年目を迎える頃、これはずっと考えていたことなのだけれどと前置きして、彼は会社を退職し日大の芸術学部で映像作家への道を進むことにしたと告げたのである。

彼が就職したとき、私にはいずれこうなる予感もあったし、心の何処かでそれを期待していたと言えるかも知れない……。映像作家への選択は彼に相応しいと、私は心から喜んだのだった。

その日、彼は何か言いたげだったが何も言わず、踵を返すように帰っていった。その後ろ姿を見送りながら、不意に「お前はそれで良いのか？　彼は行ってしまうのだよ」と、囁くような声を聞いた。私は、一瞬、彼を追おうと立ち上がったが、何故か凍り付いたように動けなかった……。

翌々日、彼から手紙が来た。

「君の前では、どうしても言えなかった」と私への思い、これまでの感謝の気持ち、新しく拓いて行く道への決意が、彼らしい率直な言葉で綴られていて、私は激しく心を揺さぶられた。幾度となくその手紙を読み返し、彼の決意の確かさを知って、私は一人で泣いた。

たとえ、彼が望んだ道であったとしても、二十六歳で未知の世界へ挑戦するには、どんなにか強い意志の力が必要だったろうか。

遅いスタートの彼の勉強振りは、若い学生に混じって、凄まじいものがあったと、アニメ仲間の川本喜八郎さんが、思い出話の中でよく語っていたものだ。


彼と別れて三年の間に私は結婚し、文字通りサラリーマン家庭の主婦業にすっかり埋没していた。

そんな私に、思いがけなく彼から手紙が届いたのは、紅葉の美しい秋のことで、遠い東欧の国、チェコ・スロバキヤから出されたものだった。

チェコの素朴で民族色豊かな人形芝居に魅せられて彼の地を訪れたとか、手紙からは彼の創作意欲に溢れた明るい気分が伝わってきて、私はこれで良かったのだと、自分を慰め納得してもいた。

彼の目指したものは、手作りの人形や紙細工の動きをコマ送りで表現する人形アニメーション映画で、とても時間と労力の要る仕事だという。

チェコからの帰国後、日本の民話を題材に多くの作品を作ったが、一九八二年、東北地方の民話をもとにした『おこんじょうるり』で、芸術大賞・大藤賞を受け、当時の新聞でも色々話題になった。彼はいつもアニメーションの表現方法に様々な可能性を模索し続け、コミカルで、少し哀愁を含んだ作品を創った。

私にとって、一年に一度くらい開かれる大阪公演などで七夕の彦星と織り姫のように彼と会い、彼から新しい創作の構想やよもやま話を聞くのが、楽しい年中行事になっていたのだった。

彼の一つの夢は、宮沢賢治の童話をアニメーションで映画化することだった。初めて取り組んだのが『注文の多い料理店』で、自然保護、動物愛護を風刺的に描いた賢治の名作である。

でも、皆が期待していたその作品は未完のまま、一九九〇年二月、彼は肝臓がんのために五十八歳の若さで帰らぬ人となってしまった。その一月前の正月の電話では、再起を期していたのだったが……。


彼の三回忌に合わせて、川本喜八郎さんや彼のスタッフの手で、この『注文の多い料理店』は完成され、東京のお茶の水ホールで上演された。私も、娘を連れて見に行ったのだった。

この映画は、着想以来三年を掛け、その表現方法に新しい工夫を重ねて出来上がったという彼の思い入れ深い作品で、賢治の妖しく幻想的な童話の世界が、見事に表現されていて、私は心の中で熱い喝采を送ったのだった。

幕が下りると、会場は大きな拍手と、溜め息ともつかぬざわめきに満たされた。

私は、懐かしさと嬉しさ、どうしようもない無念さの入り交じった心をもてあまして、娘に促されるまで、座席から立ち上がれなかった。
あれから、もう二十年の歳月が流れている。

私の油絵手帳より

ルドンの花

先ごろ私は、八号キャンバスにコスモスの花をようやく描き上げました。夫と油絵を習い始めて数年になりますが、なかなか自分の納得できる絵は描けないと、溜め息をついているところです。

室内で静物ばかりを描いているのにも飽き、それかと言って、戸外での写生は人目が気になります。絵にしたい風景をカメラに撮って焼いてみれば、自分のイメージとは程遠いものになっているという訳で、気に入った画家の作品を模写でもしてみようかなどと、思いあぐんでいました。

そんなある日、つれづれに眺めていた絵の雑誌の中に、近頃の人気画家の一人立川広己（自由美術協会員）のコスモスの絵が目に留まったのです。

茶がかったオレンジ色を背景に、数本のピンクのコスモスと白い露草が、濃い茶の素焼きの花瓶に無造作に挿されています。その傍らに、まるで舞い降りたように白い楽譜が一枚置かれていて、何処かから軽やかなメヌエットでも聞こえてきそうな、そんな楽しい絵でした。

「好いじゃないの。僕はこんな風な絵は描こうとは思わないけど、君の雰囲気にはあっているよ」と、夫は言いました。

それに、絵画教室の松原政裕先生（行動美術協会員）も「模写は好いよ。絵のいろいろなテクニックが勉強出来るから」と言われたので、私はようやく、このコスモスを模写することに決めたのでした。

画家ゴッホは、弟テオドール宛の手紙に書いています。模写は「勉強になるし時には慰めにもなる。そうすると僕の筆は、ちょうどヴァイオリンの弓のように指の間にぴったり付いて、本当に僕の楽しみになるのだ……」などと。

でも、それはゴッホのこと。

たかがコスモス、それに模写だものと、少々高をくくっていた私でしたが、いざ筆を取ってみると、花びらや葉の形、その肉の厚さ、手触りの感触、雄しべ雌しべの付き具合、花びらの枚数さえ、何一つこの花について正確なイメージを掴んでいない自分に気づきました。

秋桜という名のように、桜に似た淡いピンクの優しい花でキャンバスを埋める作業は、楽しいはずなのに苦労しました。

「この辺りで出来上がりにしよう。大分、絵具の使い方が上手くなったね」と、先生は褒め上手でした。「だけど、僕なんか、自然の花そのままを写し取るより、ルドンが描いている花、あんな花が好きだなぁ」とも言われたのでした。

私には、先生のその言葉が気にかかっていて、帰宅するや早速、画集で彼の花の絵を何枚も見てみました。

それらは、花瓶に挿された花や、女と花を配したものなどですが、何処かに花の妖精が潜んでいるような、不思議な怪しさのある絵ばかりでした。

ルドンの花について、彼と同時代に生きた象徴派の詩人マラルメは「現実のいかなる花でもない花そのもの」と評したそうです。

ルドン（一八四〇〜一九一六）は、同時代の印象派の画家たちが、光に輝く自然の表情を忠実に再現することに熱中していたのに対して、一人自分の心の中を見詰め、夢や神話の世界を題材に、神秘的な幻想の世界を描き続けたのです。

松原先生の言葉の意味をお尋ねする機会は持てなかったのですが、ルドンは花の命を象徴的に表現したということなのでしょうか。画家たちは何時も、描く対象に潜む命を描くことにすべてのエネルギーを費やすのではないかと思う私です。

ルオーの娼婦

「彼の容貌を私たちは見たこともない。彼の声を私たちは聞いたこともない。今から語るイエスはどんな顔をされていたのかも私たちは知らぬ」という一節で、遠藤周作の名作『イエスの生涯』は始まっています。

確かに、私たちはイエスの顔を知りません。けれど、イエス・キリストへの信仰が始まってこの方、多くの画家たちは彼らの祈りの心をこめ、想像の限りを尽くして、イエスの顔をどれほど描いてきたことでしょう。

その多くの顔の中で、私が一番惹きつけられるのは、やはりフランスの画家ジョルジュ・ルオー（一八七一～一九五八）の描いたイエスの顔です。

「聖顔」（一九三三）、「キリストの顔」（一九三八）、「辱めを受けるキリスト」（一九四二）など、いずれも一〇〇×七五糎ほどのキャンバスに油彩で描かれています。

それらの顔は、黒の太い輪郭線で縁取られた楕円形をしていて、その中央に丸みを帯びた鼻梁が真っ直ぐに通り、髭を蓄えた口元には優しさが漂っています。悲しげに憂いを含んだ大きな目は、キリスト教とは無縁な私の心をも、安らぎで満たしてくれるような不思議な力を持っています。

そのルオーの展覧会が、梅田の大丸ミュージアムで開かれていました。

信仰深いルオーが描く世界は、私にはいつも遠いものと思っていたのですが、彼の絵の何回となく塗り重ねられた絵の具の重々しい質感や、ステンドグラスを思わせる深い色合いの美しさなどだけでも、生で見るよい機会のようにも思えて、私は行って見る気になったのでした。

ところが、展覧会場の第一室に入るなり、私の目を驚かせたのは、グワッシュ、水彩、パステルという淡彩で描かれた『娼婦』（一九〇六）と題した七一×五五糎の下絵でした。

まるで書きなぐったと言えるような激しいタッチで、ベッドに真正面を向いて腰をかけ髪を解いている裸の娼婦の像なのです。

背景も彼女の体の輪郭線も、すべて暗く重い青一色。弛んだような皮膚、生活に荒んだ暗く醜い顔……。ただ一つ彼女の身につけている黒い靴下のゴム止めと唇と乳首とだけが、くすんだ赤で描かれていて、それが一層、娼婦の卑猥さと惨めさを語っているようでした。

画面からは、そのような人生があることへの悲しみと言ったらよいのでしょうか、それとも、怒りでしょうか、激しい感情が迸り出ていて、あの優しいイエスの顔を描いた人のものとは、とても思えませんでした。

隣で観ていた夫の「凄まじいね！」の呟くような一言が、重たく私の心の底に沈んでいきました……。

次室も、押し絵風の淡彩で描かれた小さな作品が多かったのですが、その中に『教育者』『裁判官』などクレヨンやグワッシュだけで描いた一五・五×二〇糎程の絵がありました。

それらは、軽妙なタッチの戯画という程のものでしたが、確かに何処かで、よく見かける尊大な男の顔が鋭く捉えられていて、私はなんだかとても小気味良い心持ちになりました。

ルオーは、一八七一年五月に起こったパリコミューンの激しい市街戦の最中に、パリの労働者街ベルヴィルの貧しい指物師の家に生まれました。

ガラス絵描きの工房でステンドグラスの技術を習い、やがて画家を志すのですが、当時は強烈な色彩を奔放に使ったフォーヴィストたちの活躍した時代でした。

でも彼は、彼らから離れたところで、人生を深く見詰め、暗く沈んだ色で、人間の生きざまを画布に塗り込むという独自の道を歩いたのです。この展覧会に出されていたものは、パリ市立美術館所蔵の初期の作品だそうですが、晩年にあの優しい受難者イエスの顔を描いたルオーの原点を、思いがけず見たようで、とても印象深い展覧会でした。

萬鉄五郎の風景

私が萬鉄五郎という画家（一八八五〜一九二七）を知ったのは、もうずいぶん前のことです。読んでいた雑誌に載せられていた彼の絵『赤い目の自画像』を見たのでした。

その絵は、ただのグラビアに過ぎないのに、どこか狂気のような熱気を発散させていて、日本にもこんな絵描きがいたのかと、少なからず興味を覚えました。

思いがけぬことに、一九九八年の夏、彼の大々的な回顧展が京都の国立近代美術館で開かれ、私ははじめて彼の絵を生で見る機会を得ました。

その時に新聞の紹介記事には、彼はあの柳田国男の『遠野物語』を生んだ岩手県の遠野郷に程近い「土沢」で生まれ育った人とありました。地図を広げてみますと、土沢は釜石線の花巻と遠野の中間あたり、北上山地の山間に開けた小さな村だったのです（現在は岩手県私賀郡東和町に入っていますが）。

私は丁度その頃、『遠野物語』を読んだところで、山深い北国に暮らした昔の人々の、自然と感応する素直な心が、物語のそこここから湧き上がっているように感じて、とても、この地方の山里の暮らしに心魅かれるものがあったのです。

萬鉄五郎は、『遠野物語』の舞台とも言える彼の郷里「土沢」を、きっと描いているに違いないし、それがどんな絵になっているのか、観てみたいという思いも強く、展覧会への期待は一層ふくらみました。

ようやく会場を訪れたのは、雨の平日。ポピュラーでない画家のせいか、美術館は思いのほか空いていて、じっくり観たい私には何とも有難いことでした。

会場に入って、まず目に付いたのは、彼の美術学校卒業制作という『裸体美人』で（一九一二）一六二×九・七糎の油彩である。

赤いスカートを纏った裸婦が、緑の野っ原に長々と寝そべっているという、観る人の意表を突くユーモラスな構図、色彩もフォーヴ時代のマチスを思わせる大胆さ、彼の制作意欲の並々ならぬ強さを感じさせていました。私に強い印象を残した『赤い目の自画像』（一九一二）も、期待通りの異様な迫力で、何ものかに挑んでいるようでした。背景は強い赤で厚く塗り上げてあり、充血したような真っ赤な目、その中の黒い瞳は、上目使いにこちらを睨んでいるのです。

私はこの絵に、これまでの日本の画家には感じられない野太いバイタリティを感じて、どうして彼の存在があまり知られていないのかが、ひどく不思議に思えたものです。

やがて、会場の中ほどに、丘の木立の間から見下ろす「土沢」の風景を描いたものを見つけました。

それは『木の間から見下ろした町』（一九一八）七三・〇×一〇〇・〇糎の油彩で、家々は盆地の底にうずくまるように屋根だけが灰褐色の濃淡で、ちょうど帚で掃いた跡と言えば良いのでしょうか、画筆の線だけを残していて、山奥の盆地から、家や樹木の霊が湧き上がっている……そんな雰囲気でした。やはり同じ年に描いた『木の間風景』四〇・五×四五・七糎の油彩も、山深い盆地の木立の間から、樹木のひっそりとした息づかいが、私にも聞こえてくるような不思議な絵でした。

ああ、これが「遠野」なのだと、すぐ感じ取ることが出来ました。

『遠野物語』の語る怪しい自然の霊や神々が、萬鉄五郎の描いた風景の中にも、確かに息づいていると思ったのでした……。

小出楢重の静物

小出楢重の没後七十年記念展が開かれたのは、もう十数年も前のことです。晩秋の穏やかな日和に誘われて、夫と私は京都の国立近代美術館を訪れたのでした。

阪急の四条河原町で降りると、私の病後のこともあり、美術館までタクシーに乗ろうと言う夫の言葉に一瞬迷ったのですが、折角だからと、いつもの道を歩きました。

四条通から八坂神社の前を抜け、料亭「いもぼう」の狭い脇道を通り、知恩院前に出ますと、十七世紀の初めに建立されたというその大きな楼門の前に出ます。それを見上げると、私はようやく京都へ来たなという気がしました。

そこからなだらかな神宮道を下ると、遠くの東山はまだ秋色を残し、美術館を囲む木々の冴えた紅葉が、疎水に美しい影を映していました。

会場に入ってみると、会期も終わりに近く、訪れている人もまばらで、ゆっくり絵を楽しみたい私たちには、何よりの静かな館内でした。

小出楢重の名は、彼が四十三歳の時に早逝の故か、大正から昭和の初めにかけて活躍した人の故か、今は余り知られていないようですが、戦後の一時期に盛んだった日本近代絵画の回顧展などで、幾度か彼の静物画や人物画を見る機会はありました。

それらの絵は、何となく道化たというか、漫画的な雰囲気を持っていて、芸術性がないとか、趣味が悪いとかの批評も聞きましたが、私には、その独特の個性がとても面白く思えたものでした。

会場には期待していた通り、彼の東京芸大在学中の作品で、背景に浮世絵が描かれているパイプを加えた『自画像』（油彩五七・五×四四糎）、彼が世に出るきっかけとなった彼の家族を描いた『Nの家族』（油彩九三×六二・五糎）や、数点の花の絵と静物画、それから、日本女性の美しさを描こうと苦心を重ねて挑んだという様々な姿態の裸婦像が並んでいて、なかなか見応えがありました。

確かに、人物画の画家と言われている彼の描く人物は、そのモデルの特徴を鋭く捉えていて、（漫画的と言われるほどに）面白いのです。

最近、絵画教室で自画像を描いた夫は「裸婦もなかなかいいね」と、裸婦像の前に、しばしばじっと立ち止まっていました。

でも、私の好きなのは、家庭の食卓の上に並べられた蔬菜類や果物、また、アトリエの中のありふれた花瓶や人形や本などを描いた静物画でした。そのいずれもが、しっかりとした構図を持ち、大胆な筆使いながら、幾色もの絵の具で丁寧に塗り重ねてあり、深い温かみのある色調に仕上がっています。それら描かれた静物の厚みのあるどっしりとした確かな存在感は、いつ見ても、その対象の持つ生命《いのち》を力強く私に伝えてきます。

私はそんな彼の絵に、見飽きぬ魅力を感じていると言えましょうか。

彼の生家は、かつての大阪の繁華な町、島之内の横堀橋筋にあった古い薬屋で、家代々の秘伝の膏薬〜花柳病に聞くという「天水香」を製造販売し「天水香はん」と呼ばれて、大いに繁盛していたらしいのです。家の界隈は、道頓堀川に沿って色街が栄え、川向うには、文楽などの芝居小屋や飲食店が軒を連ねていて、大阪独特の活気があったそうです。

自分の生い立ちが受容出来ないというのは、よくある話ですが、楢重も自分の生まれ育った大阪の街の情緒や大阪弁を殊の外嫌ったそうなのです。

彼と、やはり画家の鍋井克之との交流を描いた宇野浩二の小説『枯れ木のある風景』の中で、そんな彼の心情が赤裸々に語られています。

でも、彼の絵の持つ人間臭い温かみや、粘っこい生命力のようなものは、間違いなく大阪という街の個性に、大きく負っていると、私は思っています。

久々にゆっくり楽しめた気分で会場を出ると、薄ぼんやりした晩秋の陽射しが、早くも私たちの足下に落ち始めていました。

デュフィの青

ラウル＝エルネスト・ジョセフ・デュフィ。彼は、十九世紀末から二十世紀半ばにかけて、パリで活躍した画家である。

私が初めて彼を知ったのは、昭和二十八年頃だったろうか。敗戦から数年経ったばかりのその頃と言えば、戦争中全く禁じられていたヨーロッパやアメリカの文化が、潮のように私たちの目の前に流れ込んで来た時代だ。長い間、私たちが渇望していた創造することの歓びをそこに見、感じて、少なからず癒された私だった。

それまで、知識としてしか知らなかったヨーロッパの絵画〜印象派やフォービスムやキュービズムなど、自分自身の目で、直に見ることが出来る楽しさに、興奮し熱くなっていたものだった。

とは言うものの、身近な美術館と言えば、天王寺美術館か京都の国立近代美術館と市立美術館くらいのもの。有名な画家たちの展覧会では、チケットを買うのにも長い列を作って並び、会場も満員の人々でゆっくり鑑賞することなどとても望めなかった。

それでも私は出掛けて行き、混雑する人波にもまれながら、デフォルメされた造形の面白さや、自由奔放な色彩の美しさを新鮮な驚きで感じ取っていたものだ。

私がデュフィに出会ったのも、そんな展覧会の一つ、「二十世紀フランス名画展」とかでのことだったと思う。ルオーやマチスやセザンヌなどの絵と共に、二、三点の彼の絵が展示されていたのだ。

ただ一色、美しい澄んだコバルトブルーで塗り込められた空と海、明るい赤やピンクの家、椰子やバナナといった南国風の緑の木、まるでお伽話の中の風景のような『ニースのカジノ』、光によって様々な色調を見せる青い海の風景『レガッタ』など。

それらの前に立った時、わたしは「なんて美しい青色を描く画家なんだろう」と、思わず呟いていた。

それから半世紀が過ぎた秋、梅田大丸ミュージアムでデュフィ展があることを知って、早速出かけて行った。

会場に入ってまず目に入ったのは、あの「青」だった。

「青はどの明るさでも、その個性を保つ唯一の色である。黄色は陰では黒ずみ、明るい所では褪せるし、黒ずんだ赤は褐色となり、白で薄めれば、それはもはや赤ではなくて別の色、ローズである。一方青は、最も黒ずんだ青から最も明るい青まで、様々なニュアンスにおいて、青である」（新潮社美術文庫）と、デュフィは語っている。彼は、青という色を最も愛したのだった。

また彼は、音楽家の中では、モーツァルトを一番愛していて、モーツァルトへの讃歌「モーツァルト頌」を青を基調にして描いているのだ。

私は心の中で喝采を叫んでいた。私もモーツァルトを色で表現するなら、美しい青でしかないと常々思っていたのだから。

因みに彼は、バッハとドビュッシーにも讃歌を送っていて、「バッハ頌」は赤で、「ドビュッシー頌」は浅緑で描いているのもうなずける。

ところで、彼の絵のもう一つの魅力は、なんと言っても、リズミカルな描線の素早い動きであろうか。

動くものをその一瞬の動きの中に捉える即興の妙は、他の画家には無いもの。彼の好んで描いた競馬場の風景〜疾走する馬たちの一瞬の蹄の音や観衆のざわめきが聞こえてくるような『エプサムの競馬場』も、私の好きなものの一つである。

彼はル・アーブルの貧しいけれど音楽を愛する家庭に生まれた。働きながら夜間の美術学校に通い、終生如何なるエコールにも属さず、独自の様式を模索し続けた。彼の絵は爽やかな歓びに溢れ、その苦闘する影すらも見えない。

「私の目は酷いものを消し去るように出来ている」という彼の言葉そのままに。

鏡と私

私が、近世以降の画家たちが描いたそれぞれの自画像について、興味深い批評を述べた黒井千次の随筆を読んだのは、随分前のことだが、その中で紹介されていた鏡に纏わる痛ましい記憶は、忘れることの出来ない衝撃的なものだった。

その記録とは、ＮＨＫが社会主義を見直そうとする意図で作ったというドキュメンタリー番組『社会主義の二十世紀』の中で使われていたもので、ソ連の強制収容所の生活の一コマ、収容された人々が、互いを描いた肖像画展の映像であった。

それを見た時の黒井千次の衝撃が、私にも重苦しく伝わって来たのだが、粗末な紙に描かれた人々の顔は力無く、中には、絵自体が薄れて見えにくい程であったとか。

収容所内には鏡が全く置かれていなかったので、自画像は勿論一点もない。ただ、仲間の顔を描くこと、それだけが彼らにとっての唯一の画材だったという。

鏡を奪われた人間は根の切れた浮草のように頼りなく、ただ流されるだけの弱々しい存在になってしまうのではないかと、彼は述懐されていた。

鏡はただ、顔や姿を映すだけの道具ではなく、人間の心と深く関わる抜き差しならぬ存在だというのだ。いつも見慣れた私の顔を、当たり前のようにそこに映しているだけなのに。

私は先ず朝顔を洗う時、鏡に向かう。今日は元気そうだとか、夜更かしで目が腫れぼったいとか、少し疲れているようだなどと、鏡の中の自分の顔を眺めるのが常なのだが、その行為の後ろに、その日一日が平穏に過ぎるようにとの願いが隠されているのかもしれない。

また外出時には、他人の目になって鏡の中の自分を見つめている。化粧をし、私の一番良い顔を創りだそうと苦心する。化粧という仮面を被って、いつもの自分と違う自分になる……私はささやかながら日常性からの脱出を夢見ているとも言える。

夜は夜で、鏡の中の自分の顔が穏やかでありたいと思う。その日に起こった出来事で、顔が曇っていれば「なるようになるさ！」と無責任を決め込んで、私は鏡の中に笑顔を作ってみるのだ。これも無意識のうちに、自分自身を勇気づける行為なのだ。

また、時として鏡の中の自分の眼差しが、何かを語りかけようと私を見詰めているような気がして、戸惑うことがある。忙しい日常の中で、その眼差しは忽ち消えてしまうこともあるが、何か思い迷ったりしている時など、無意識のうちに、その眼差しに「これで良いのかな？」と問いかけている自分を発見するのだ。鏡の中のその眼が「そうだ。それで良いんだよ」と頷いてくれると、私は安心して自分に確信が持てるような気がしてくる。

このように思い返すと、人間は無意識のうちに鏡の中の自分と、やり取りを交わして、自分を支え、生きる力を与えられているのかもしれない。

強制収容所内での鏡の無い闇のような生活を改めて思ったことだった。

以前のこと。私は家の猫を面白半分に、鏡の前に連れて行ってみたことがある。

猫は、鏡の中の自分に緊張し身構えたが、やがて、少し変だぞと思ったのかどうか、鏡の中の猫に興味を無くしたらしく、そっぽを向いてしまった。

鏡の中の自分を認め、それに興味を持ち、対話を交わすなどということは、やはり強い自我意識、自分という存在への執着心を持った人間だけの特性なのだろう。

ちなみに、人間がルネッサンスを体験して自我に目覚めたのは十五、六世紀のことで、ほぼ同じ頃に、それまで使っていた銀や青銅などの金属鏡に変わって、今のガラス鏡が発明され普及したそうなのだ。この歴史上の事実も、人間と鏡との深いかかわりを暗示しているように思われるのだが。

小さな旅

山の宿

梅雨の合間を縫って、私は、久々に夫と信州の上田・塩田平へ小さな旅をした。

三年前、肝炎で体調を崩してから、旅行らしいものは一切ご法度だったが、今年は、私の体調もやや安定してきたようなので、温泉でも行ってみようかということになった。

それでは、何処へ行こうかとなると、なかなか行く先が決まらない。

そんな折、東京にいる姪から「先頃、信州の上田・塩田平辺りの古刹巡りをして、噂に聞く『無言館』へも行って来たが、とても良い旅だった」との手紙をもらった。早速、地図を開けてみると、その辺りは、あこがれていたアルプスの山間《やまあい》。彼女の立ち寄ったという『無言館』にも心惹かれるものがあったので、私は、早くも、信州へ行くつもりになっていた。

その『無言館』とは、この大戦で戦没された画学生の作品ばかりが展示されている慰霊美術館のことである。

この美術館は一九九七年、著述家で画商の窪島誠一郎氏が、たまたま出会われた老復員画家、野見山暁治氏の熱意に動かされて、全国を行脚し、彼等の遺作を集め、私財を投じ、又、多くの人々からの援けも受けて、ようやく建てられたものなのだ。

それは、信州上田市の美しい林間に建てられていて、開館当時、この異色の美術館について、テレビでも度々紹介され、私も、若くして戦死された画学生の無念さに心を痛めたものだが、信州の山里まで訪ねてみようという気持ちにはなれなかった。

ところが、戦争を体験していない世代の若い姪の手紙に触発されて、今回信州へ行くのなら、私も、一度その美術館を訪れてみようと思ったのだった。

名古屋で新幹線をＪＲ中央線に乗り換えると、車窓からの風景は次第に山里らしくなってくる。「南木曽《なぎそ》」辺りから、電車は山と山との間の狭い山際を走る。濃い緑の木々が、吹く風に揺れて返す葉裏さえ、はっきりと見えるほどだ。

又、山裾には、栗の木が多く、薄黄色の満開の花が何処までも続いていた。

時折、遅蒔きなのか黄金色の麦の畑や、緑の苗代田に混じって、崩れかけた棚田の休耕田が日の前をよぎって行く。

トンネル、又トンネルと幾つかを抜けると、思いがけず小さな集落が拡がっている。それを囲む山々は、宮澤賢治が彼の童話に描いているとおり「うるうると生まれて来た」と言えそうな、鬱蒼とした緑の深い森に覆われていて、いつも見慣れている六甲の山並みとは違う存在感である。

日本の原風景だと私は喜んだが、それも束の間。気がつくと、麓の田畑には、昔の茅葺きの農家は一軒もなく、皆一様に黒いプラスチック瓦でタイル張りの四角い家ばかりが並んでいて、すっかり落胆させられた。

やがて、「長野」の一つ手前「篠ノ井」に着く。

「上田」行きの篠ノ井線に乗り換える迄の三十分の間、私たちは、駅のベンチに腰を下ろした。

その時、一陣の爽やかな高原の風が、静かな昼下がりの駅構内を吹き渡って、その心地よさに、私たちは、しばらく身動きもせずにいたのだった……。

突然、賑やかな声とともに、下校時の中学生が三々五々ホームに上がって来た。女の子は、誰彼となくルーズソックス、男の子は、だぶだぶのズボンで、都会ではもう廃れ気味のスタイル。眺めている私には、ゆっくりとしたリズムで流れているこの市の暮らし振りが感じられて、そののどかさが、とても好ましく思われた。

でも、上田行きの電車は、時刻通りに入って来た。

ダークな赤い色の車体は少々野暮ったく「やっぱりローカルだね」と夫は笑った。

上田まで二十分余り。そこからはタクシーが頼りである。上田の駅前の客待ち顔のタクシーが、すぐ迎えてくれた。その運転手さんは、なかなか慇懃で話し好き。

彼によると、この辺りは、真田氏の居城のあった所で、真田、村上、武田などの戦国武将が絶えず覇権を争って戦った戦跡とか、鎮魂のために建てられた寺が多く、信州の鎌倉と言われる所以だそうだ。

彼も、しきりに古刹巡りと『無言館』を訪れるように奨めていた。

最近建てられたらしい真新しい駅ビルの前を、これ又、舗装したばかりのようなアスファルトの国道が走っている。そこから少し離れると、道は、もう土ぼこりの立つ懐かしい田舎道に変わり、車の窓から見えるのは広々と続く果樹や野菜畑ばかり、緑に覆われた山々が、すぐ間近に迫って見える。

どのくらい走っただろうか。車は、その山裾に近い静かな温泉街（別所温泉）の一角、こぢんまりとした総木造りの宿「花の屋」の前で止まった。私たちの泊まる宿である。

宿の人に案内された二階の部屋からは、九世紀頃に建てられたという厄除観音「千手観世音」をまつる北向観世音堂の古びた屋根と、それを囲むこんもりとした木々や、宿の日本庭園が眺められた。

この日の泊まり客は、私たちの他は二、三組で、これからの季節、避暑客で賑わうのだそうだ。まだ朝は寒いので冷房は入らないと、宿の人の断りがあったが、網戸を通してひんやりとした風が流れ込み、私たちは、ようやくくつろいだ気分になった。

部屋のテレビをつけると、この山間の宿にも、サッカーW杯の熱気を帯びた歓声が届いて来た。が、折角の静けさを味わいたいと、私は、慌ててスイッチを切った。

何よりも、夕食の膳に供される珍しい山里の料理を期待したのだが、今年は、急に気温が上ったため、名物の山菜も出尽くしてしまってと、宿の人は申し訳なさそうな顔である。

私たちは思わず顔を見合わせたが、手づくりの素朴な宿の味も悪くはないと、静かに暮れてゆく山々の風景を楽しみながら、膳に向かっていた。

外の闇が濃くなるにつれ、静けさは増すばかり。私は、都会の生活で忘れていた夜のしじまの感覚とは、この静寂のことなのだと、深々と五感に伝わってくる夜の気配を感じていた……。

突然、ピイピイという甲高い小鳥の声に目を覚ました。

私は、部屋のカーテンをそっと揚げてみる。

と、深い朝霧の中に、黒々と塑像のように立つ山の姿が、目の前にあった。時計は午前四時半をさしている。

小鳥の声は様々で、何処かから湧き立つように次第に繁くなり、近くのお寺の鐘がゴーンゴーンと鳴り渡った。

やがてしらじらと辺りも明るんで、ようやく山の宿にも人の気配が動き始めた。

『無言館』を訪ねる

私たちの泊まった「花の屋」の丁度前に、上田市を巡回する定期バスの停留所があり、それに乗れば二十分で『無言館』へ着くと、宿の人が教えてくれた。

山と畑ばかりのこの市で、定期バスと言っても、果たして時刻通りに来るだろうかと半信半疑でいたところ、バスは一分の遅れもなく現れて、私たちは、少々驚かされもした。

それにしても、この季節、乗客は夫と私の二人だけだった。

バスは低い山間の細い土道を縫うように走る。右手は山ばかり、左手は葡萄畑がなだらかな傾斜で、遥か向こうまで拡がっている。処々に見える農家の庭先の野菜畑が、鮮やかな緑で目を楽しませてくれる。

驚いたことに、バスが通ると、しゃがんで農作業をしていた人々が皆立ち上がって手を振り、運転手さんと挨拶を交わしている。

バスは、地域生活に欠かせない日常の足なのだと、私は一人合点して、窓の外を走り去る山里の風景を眺めていた。

やがて、「前山寺前」というバス停に着く。

「此処で降りると『無言館』へは十分くらいです」と、運転手さんは教えてくれた。

山裾が少し開けていて、灌木や雑草の茂る中に樹齢数百年と思われる松の大木があちこちに立ち、その下をなだらかな細い道が続いていた。崩れかけた五、六段の石段を登ると、戦乱で消失したのか「前山寺」の建物や、寺の境界の塀なども無く、大銀杏と桜の古木に守られるように、三重の塔が青空に向ってすっくと立っていた。

林の中に毅然として立つその姿は、室町末期に建立されたそうだが、創建当時からそのままの素朴な風情を感じさせていた。

再び、もと来た道を戻ると、さっきは見落としていたのだが、極小さい質素な建物を見つけた。それは『信濃デッサン館』といって、窪島氏が趣味で収集された村山槐多（一八九六〜一九一九）、関根正二（一八九九〜一九一九）、野田英夫（一九〇八〜三九）など夭折画家の作品ばかりが展示されている私設の美術館だった。

鬼才と言われた画家たちだけに、描いている対象への思いがけない視線や構図の面白さがあって、私は、彼等の才能の煌めきを見たように思った。

この『信濃デッサン館』の庭は、自然のテラスになっていて、それを利用した珈琲の店が開かれていた。山里には珍しい洒落た雰囲気に誘われて、私たちは熱いコーヒーを頼んだ。

椅子に腰をおろすと、眼下には塩田平が広がり、遥か遠くに、日の光を浴びてゆったりと流れている千曲川が眺められた……。

目指す『無言館』は、そこから十分程の静かな林の中に立っていた。

コンクリートの打ち放し、十字架の形をした平屋建ての建物は、フランスの片田舎にある教会を思わせる佇まいだ。

そっと扉を開けると、蝋燭の形をした照明が灯っているだけで、部屋の中はほの暗く冷たい静寂が流れていて、足を踏み入れるのが少し躊躇われた。

でも入ってみると、数は少ないけれど、様々な大きさの絵が壁に掛けられている。殆どが、両親や兄妹など家族の肖像、それに自画像、故郷の風景などだったが、いずれの絵からも、若い画学生の清らかな情感が感じられて、私は、思わず涙ぐんでしまった。

窪島氏の書かれた『無言館ノオト』(集英社新書)に此処を訪れた若い日本画家の言葉が紹介されていたが、私は、彼等の絵を目の前にして、その一節を深い共感と共に思い出していた。

「何回訪ねても、『無言館』の帰りにはガックリとしてしまう。いったい今の自分は何をやっているのかと。

そして、画学生たちの絵をみるたびに思うのは、芸術というものは直接的に銃弾を防ぐ楯にはならなくても、戦争に参加する人間の内面をみつめる力をひめているということだ。たとえていうなら、かれらの絵は砲弾でも銃弾でもなく、銃口にまとっているか弱き一羽の蝶なのだろう。銃弾の発射を防ぐことはできなくても、銃口に羽を休める可憐な蝶にみとれて、何万人のうちの何人かは銃の引き金をひくことを忘れるのではないだろうか」

出征が何日か後に迫った日にも、あと五分、あと十分と絵を描き続けることを願いながら、戦地に赴いたという画学生たちの無念さを偲び、銃口に羽を休める可憐な蝶に、彼らを見立てた若い日本画家の痛切な言葉は、私の心を揺さぶって止まなかった。

窪島氏の『無言館ノオト』には、又、殆どの遺族たちは、戦後の苦しい生活の中にも、息子や兄弟の遺作を大切に保存されていたと書かれていたが、丁寧に補修された跡の見える絵が多く、私は、そのような絵に出会うと、遺族の想いの深さに、悲しいけれど何か慰められていた。

館を出ると、外は、林の間を爽やかな風が吹き抜けていた……。

私は深い溜め息と共に、忘れていた古い詩句を思わず口ずさんでいた。

『風立ちぬ、いざ生きめやも』と。

劇場にて

三谷幸喜版『桜の園』を観る

七月半ばのこと、思いがけずチケットが手に入って、今人気の劇作家三谷幸喜の演出する『桜の園』を観ることが出来た。

劇場は森の宮にあるピロテイホールで、舞台も狭く客席数も少ない小劇場だが、連日の異常な暑さにもかかわらずマチネーの場内は満席で、人いきれで噎せ返るほど。

私は改めて幸喜の人気振りを感じたものだった。

チェーホフのこの戯曲は私の学生時代にも(もう半世紀も前のことだが)、当時人気の俳優座や劇団民芸がたびたび上演していた記憶はあるが、私が観るのは今回が初めてなのだ。

とりあえず、岩波書店版の『桜の園』を読み返そうとページをめくると、その巻頭に、「桜の園　四幕の喜劇」と書かれていた。また、新聞紙上で見かけた今回の上演広告にも、「この作品は喜劇である」という幸喜の言葉が繰り返し載せられていた。

あまりチェーホフの作品を読んではいないが、晩年の『かもめ』や『三姉妹』などを読んだ印象は暗く陰鬱で、この『桜の園』にもその陰鬱さは、通奏低音のように作品の底に流れていると感じられた。

そして、現代という時代の暗い閉塞的な気分と通ずるものをそこに感じる人は多く、幸喜の演出の上手さもあるだろうが、今回の『桜の園』の人気も、その辺りにあるような気もするのだが。


チェーホフ（一八六〇～一九〇四）は、十九世紀の半ばから二十世紀初頭を生きた人である。

その頃のロシヤはロマノフ王朝の末期、資本主義経済がようやく発展する一方、労働者や農民たちの生活苦は激しくて、彼の亡くなった翌年の一九〇五年には、第一次ロシヤ革命が起こっている。いわゆる血の日曜日事件で、首都ペテルブルグで、労働者たちが救済と制憲議会招集を訴えるデモ行進を行って、彼らの多くが、政府軍によって射殺されたのだった。その後、ゼネストや農民たちの半地主闘争も激化して、ロシヤ帝国の崩壊へと進んでいく……。

このような不安に満ちた困難な時代を、チェーホフは生きたのだった。

彼は大学で医学を学んだ後、医者の傍ら、貧しい雑貨商を営んでいた父を支えるため、日常の喜怒をユーモア小説風に描いて大衆紙に投稿し、原稿料を稼いで家計を助けていたとか。

そして、ともすればペシミズムやニヒリズムに落ち込みやすい人であったという。

一九九八年版の岩波文庫の解説によれば、フランスの作家ロジェ・グルニエは、出版した『降る雪をごらんなさい……チェーホフの印象』（日本訳『チェーホフの感じ』）の中で、「心がひろく親切だが本心ではおそらく誰も愛していなかった」と孤独なチェーホフ像を描いているという。

私にも何となく、その言葉が解るような気がしたものだ。


それでも『桜の園』は喜劇と言えるのか？　私はいささか複雑な想いで開演を待った。


祖父から父へと続く大地主で貴族の家柄に生まれた主人公のラネーフスカヤ夫人と兄ガーエフは、その膨大な遺産をあてに、働きもせず贅沢な暮らしぶり。遂にはその借財が嵩み、『桜の園』と呼ばれて来た父祖の土地を手放さざるを得ない窮地に陥ってしまう。

その競売が近いある日、彼女は五年ぶりで、恋人と暮らすパリから故郷へ帰って来る……。

その夫人役は浅丘ルリ子。七十歳を過ぎたと思うのだが、美しい風貌に張りのある声、立ち居振る舞いは貴婦人の優雅さや気品、没落する貴族の悲哀までも滲ませ、ひと際輝いていた。彼女が登場すると舞台全体が引き締まるのは、やはりベテラン女優の存在感なのだろう。

夫人の育った子供部屋が舞台の中心。その右手の大きなガラス窓越しに、大地主だった祖父、父から受け継いだ広大な庭が眺められる。左手奥には、ダンスパーティなどが開かれた大広間へ通じる扉があって、室内にはテーブルや椅子、壁際に本棚や日用品が並んでいるといった具合。

この一場の幕間なし、ぶっ通しの二時間半で、物語は演じられたのだった。

ところで、夫人の相手役は、最後にはこの「桜の園」を買い取ることになる実業家のロパーヒンだ。芝居の打ち上げ後の朝日新聞の夕刊に、幸喜が連載している『三谷幸喜のありふれた生活』の中で、今回の『桜の園』に出演した俳優たちを紹介していたが、芝居を見なくなって何年も経っている私には知らない顔触ればかり。知っていたのは浅丘ルリ子だけだった。

ロパーヒン役の市川しんペーなど、名前も聞いたことがなかったが、幸喜は、彼の芝居『リタルダンド』（私は見ていないが）を客席で見ていて、「僕のロパーヒンは彼しかいない」と思ったと書いていたが、私は市川しんペーのロパーヒン役には余り納得していない。

ロパーヒンは、かつては祖父、父と続いた農奴で、台所にさえ入れてもらえなかった身分だったが、農奴解放令の後努力と才覚で、大金持ちの実業家になった人物である。

でも幼い頃、美しい夫人に優しくしてもらった時の想いが、いつも夫人への恋心にも似た心情となって残っていて、彼女の窮地を救うために心を砕くのだった。

彼は土地を分譲して別荘を建て、その家賃で借金を返せば、「桜の園」を手放さずに済むとしきりに勧めるのだが、彼女も兄も大地主の気位を捨て切れず、彼の進言に全く耳を貸さない。

遂に競売の日が来てしまい、高額でそれを手に入れたのが、外でもないこのロパーヒンだったのだ。

「……私が取ったのです。今や桜の園は私のもの、私のものです！（声をたてて笑う）おお神さま、なんと、桜の園が私のものになった！　酔っ払いのたわごとでも、気かぶれて幻を見ているんだとでも、お好きなように言って下さい。（足を踏み鳴らす）私のことを笑っちゃいけません！……いつもぶたれて、文字もろくに読めず、冬も裸足で駆け回っていた餓鬼の私が。……お祖父さんや親父が奴隷だった、台所にさえ入れてもらえなかった、その領地を私は買った。私は夢を見ている、ただそんな気がしているだけなんだろうか……」

由緒ある「桜の園」を買い取った喜びを爆発させて、夫人への想いは何処へやらの振る舞いであった。

よもやと思っていた「桜の園」を勝ち取ったという勝者の喜びと、愛しく思う夫人への想いとの間で揺れるロパーヒンを、市川しんぺーはどう演じるのか、幸喜が認めていた市川しんぺーの演技力というか、人間の奥行きを確かめたいと思ったのだが……。

彼のロパーヒンが、無知で粗野な農奴にしか過ぎなかったのは、とても残念だった！

それにしても夫人の方だが、彼女の養女ワーリャ（生まじめで家事すべてを取り仕切って来た才女だが）を、ロパーヒンに嫁がせようと何かと誘うが、彼は商売に夢中だし、ワーリャも娘らしく振る舞えずに、修道院に入りたいと願いながら、他家の家政の執事として新しい生活を始めることになる。

彼女の企ては失敗に終わるが、夫の死後パリで恋人と暮らし、財産を使い果たしてしまった女の愚かさと強かさを、この企みの中に感じてしまうのは、私の思い過ごしだろうか？


そのほか、一人娘アーニャはその恋人トロフィーモフと明るい平和な未来を信じ、努力して必ず母を迎えに来ると力強く約束して、去っていく。

兄のガーエフも、銀行に職を得、使用人たちもそれぞれ新しい生活に夢を託して、桜の園を後にするのだった。

ただ、八十七歳の老従僕のフィールスだけが身体も衰え呆けて、病院へ連れて行ったはずなのに、誰もいない子供部屋に一人取り残される。その彼の言葉は……。

「……人の一生、過ぎれば、まこと生きておらなんだも同然じゃ……。ちょいと寝ていよう……。お前も、衰えたもんだあ……、まるっきり、なんにも残っちゃいねえ……。……ったく、……この、未熟者めが！……（横たわったまま動かない）」

この最後のシーンは、肺を患っていたチェーホフの赤裸々な心模様だったのではないかしら？

そして私たち観客にも、ほろ苦い共感の笑いが生まれてくる。

人の一生は喜劇にはならない。その劇中で語られるリズムのよい美しい会話、そこにそっと滑り込ませたユーモアやアイロニーが、人の心を和ませ、いささか悲哀に染まったクスクス笑いを誘う……。

そんな物語を喜劇と言うなら、この『桜の園』は、まさに喜劇だと納得した私だった。

隣の席で観ていた友人のクスクス笑いが、最後まで止まらなかった？　のは、確かである。

デヴィッド・ルヴォーの『マクベス』

もう二十年も前のことになるが、神戸のオリエンタルホテルで上演されたルヴォー版『マクベス』は、記憶に残る楽しい芝居だった。

とは言うものの、三階の天井桟敷席しかなくて、座席から舞台を見降ろすと、まるで擂鉢の底のようだ。「ヤレ、ヤレ」と、思わず隣の夫と顔を見合わせた。

芝居好きの友人に教えてもらって、早速、チケットの予約受け付け初日に申し込んだのに、手に入ったのがこの三階席なのだから仕方がない。

マクベスに松本幸四郎、マクベス夫人に佐藤オリエという当時人気の俳優が顔をそろえているとあれば、こんなことだと半ば諦め気分。「まぁいいか。芝居の雰囲気だけでも楽しもう」と思いながら、辺りを見回すと、天井桟敷でさえも立ち見の客が並んでいて、改めて人気の程を思い知らされたのだった。

ようやく落ち着いて舞台を見降ろすと、右手に透きとおった白いカーテンが床まで下がり、それを透かして燈火が三つ揺らめいているばかり、舞台装置と言えるものは何もない。裸のままの殺風景な演壇そのままだ。

「今回の演出は、英国人のデヴィッド・ルヴォー。若い演出家の中で、今一番期待されている人なのよ」と言った友人の言葉が、一瞬記憶によみがえり、どんなマクベス劇になるのか、期待が膨らんで、三階席にいることも忘れていた。

やがて開幕。照明が消えると、さっと稲妻が走り、それを浴びながら三人の魔女が現れる。体に巻き付けた白い衣裳が闇夜の中でキラキラと不気味に光る。荒れ地でマクベスに会おうと言いながら、再び舞台から消える。

続いて、スコットランドの王ダンカンとその従者たちの登場。ところが彼らの衣裳といったら、何のことはない。ダンカン王だけは白髪に王冠を着けてはいるものの、黒っぽい長ズボンに背広衿のロングコートに短靴という出で立ち。

全く、何時でも何処かの街角で、ふと出会いそうな当世風の若者たちではないか。舞台化粧も殆どしていないようだった。

今までのシェイクスピア劇と言えば、中世イギリスの風俗を色濃く映していて、それを見るだけでも楽しかったのに……などと思っているうちに、劇はスピーディに展開していく。

三人の魔女の予言通り、反乱軍を打ち破ったマクベスは、褒賞としてコーダの領主の地位を与えられる。しかし、彼は「いずれは王となられるお方」と言う魔女の予言に惑い、夫人にも強く唆されもして、王を殺し王位を簒奪する。さらに、不安と猜疑の末、僚友バンクォーをも暗殺する。

即位の宴席で、バンクォーの亡霊に怯えて錯乱し、またもや清廉な貴族マクダフをも殺そうと企てる。

危うくイングランドに遁れたマクダフは、ダンカン王の息子マルコムを助けてマクベスを滅ぼす……

というご存知の復讐物語だ。

だが、シェイクスピア劇の面白さは、単なる筋運びにではなく、深い味わいを含んだ台詞にあると思う。

幸四郎の張りのある美しい声で語られると、場内は咳一つ立たない。

マクベスの野心を支えていた夫人の死を聞いて漏らす有名な彼の独白……「人の生涯は動き回る影に過ぎぬ。哀れな役者だ。ほんの自分の出場の時だけ、舞台の上で、見得を切り、喚いたり、そしてとどのつまりは消えてなくなる……何のとりとめもありはせぬ」。人の心の奥底に潜む凄まじいまでの自己主張、野心に引きずられて罪を重ねた末、彼の辿りついた処は、虚しさ、深い孤独だった。

これは人間が未だ克服し得ていない心の闇なのだ。素裸の舞台。背広姿の群像。ルヴォーは、マクベスに現代の私たちの姿を重ね合わせてみせたのである。

井上ひさしを追いかけて

昨年はどうしたことか、昭和の後半期から平成の今日まで、様々な分野で個性的な味わいのある仕事をされた方々～劇作家の井上ひさし、演出家のつかこうへい、数学者で評論家の森敦、俳優では緒方拳、藤田まことなどが次々に鬼籍に入られた。その訃報を聞くたびに、昭和という時代の記憶が次第に薄れて行くような心もとなさを感じたものだった。

中でも、井上ひさしについては、漸く彼の作品に近づこうと思っていた矢先のことで、まだ七十歳代の死は早すぎると、私の悔やみは深い。

たまたま昨年の十二月の初めに出版された丸谷才一のエッセー『星のあひびき』を読んでいたら、彼は井上ひさしについて愛情あふれる讃辞を送り、彼にしては珍しいほど素直な深い哀惜の情をあらわしていて、私は胸を衝かれる思いだった。

ひさしと共に務めた文学賞選考会での彼の仕事ぶりに思いを巡らせて、「わたしは茫々と流れた歳月をなつかしみ、あの才能豊かで優しくてしかも芯の所できびしい人柄を思って感慨にふける……」と。

そしてひさしの十一幕の戯曲『雨』を挙げ、「そのスケールの大きさ、筋運びと舞台面のおもしろさ、内容の充実において、この『雨』に及ぶものは坪内逍遥以後、ついになかったのではないか」とも言い切っていたのだった。

実のところ、わたしは井上ひさしの東北人らしい朴訥で野暮ったい雰囲気や、黒くて太い眉、黒ぶちの眼鏡の奥の大きな目が時々諧謔味を帯びてギロリと光るのが苦手で、彼の作品をずっと読まず避けて来たのだった。

もっとも、『井上ひさしと１４１人の仲間たちの作文教室』や『自家製　文章読本』などの文章論は、結構面白く読んでいたし、文章を書く上での彼の座右の銘が「難しいことはやさしく、やさしいことは深く、深いことは愉快に、愉快なことは真面目に」だったことを知って以来、その言葉を私のエッセーの努力目標にしようと、ひそかに思っていたのだけれど……。

ひさしは一九三四年（昭和九年）生まれで、私と殆ど同世代である。私たちの青春時代は日米講和や日米安保を巡り、時の政府との間に激しい反対闘争が繰り広げられたが、その終焉後の社会は戦後経済の復興期でもあって、現在のような重い閉塞感は余りなく、大抵の若者たちは様々な夢や希望を持って生きられた時代だった。

そして、当時の東京は華やかで先進的で活気に満ちた都市であり、地方の若者たちを東京へ東京へと駆り立てていたように思う。

けれど、ひさしは入学したばかりの上智大学を休学して、岩手県釜石市に引きこもり、そこの国立療養所で働いていたのだった。

大都市東京の生活と故郷東北の田舎暮らしとの間の違和感が、～東北弁に対する劣等感もあったのだろう～ナイーブで繊細な彼にとっては重い負担だったのかもしれない。

彼はややノイローゼ気味になっていたらしい。

そんな折に訪れた花巻市で、宮澤賢治が開いた農民のための「羅須地人協会」のあった「下根子」の地名を見つけて、嬉しさのあまりその辺りを歩き回り、とめどない涙を流したのだそうだ。

彼が小学校六年生の時に、生まれて初めて自分の小遣いで買った単行本が賢治の『どんぐりと山猫』で、それによって彼は自然をどのように認識したらよいのかを学びとり、以後深く賢治へと傾斜していったのである（エッセー『風景はなみだにゆすれ』より）。

私はようやくひさしの賢治への強い思い入れを知って、何はともあれ、彼の戯曲『イーハトーボの劇列車』を読むことにしたのだった。勿論、前述の『雨』も読むつもりだけれど。

この芝居の場面は、主に賢治が生涯に九回も上京した時に乗った青森発上野行き三等客車内に設定され、妹とし子を見舞う病室や、父政治郎との激しい信仰論争をする間借り部屋の場面もあり、賢治の生涯をめぐって物語が展開する構成になっている。

また賢治の作品の主人公たちが、それぞれの役どころを与えられて登場していて、彼の作品を読んでいる私にとっては興味深かった。

「黄金色に光る目玉、赤い顔」の男は「西根山の山男」だし、「なめとこ山の熊」に出てくる「淵沢小十郎」の弟「淵沢三十郎」や、「風の又三郎」を思わせる少年、「銀河鉄道」の車掌そっくりの「赤い帽子をかぶった背の高い車掌」、女車掌に「グスコーブドリの伝記」のブドリの妹ネリが登場するといった具合だ。

しかし、彼らもまた、現実の厳しい世界を生きねばならない運命になっていて痛々しく、それが却って、ひさしの幸福な世界を願う想いの強さを伝えているようにも思われた。

又ひさしは、賢治をただ礼讃するだけではなく、彼の生き方に鋭い批判を投げてもいる。

賢治は常に農民と一心同体であろうとして、なりきることが出来なかった。それが賢治の悲劇だが、第七場「あなたは誰ですか」で、彼の理想と現実の齟齬をようやく自覚させられるのだ。

彼を心配した父政治郎の頼みで、彼を尾行してきた花巻警察署の刑事伊藤との問答がある。

刑事「自分の労働によってパンを得ていますか」

賢治「……………」

刑事「三十歳になっても親がかりでしょうが。そんな百姓がどこにいますか。百姓をあまりばかにせんでもらいたい」

やがて賢治は、「ほんとうに、あなたは誰ですか」と刑事に問うが、その問いを自らに問い返すことによって、自分自身の姿を「デクノボー」と自覚する場面は、ユーモラスでもあり悲劇的でもあり、思わず溜め息が出たほどだった。

そして劇中で、この世で夢を実現できなかった人間の涙から生まれる「思い残し切符」が狂言回しのように、死んで行く者から生き残った者へ手渡されるという趣向があるのだが、そのようにして集まった「思い残し切符」のすべてが、観客の上に力いっぱい振りまかれて幕となるのだ。

「思い残し切符」が生まれない世の中こそ、人間の理想である。それを受け取った今を生きている者の責任が、重く胸に迫る幕切れであった。

観て、聴いて、楽しむ三次元の芝居の世界を、平らな言葉で説明することの難しさ！

何はともあれ、ひさしの演出ではもはや見られないのは残念だが、『イーハトーボの劇列車』、いつか舞台で観てみたいものだ。

笑いを求めて

「笑う角には福来る」と言われるけれど、このところ世の中には理不尽な出来事が多く、笑えない日が続く。

誰しも笑って、その鬱屈した気分を思い切り解放したいに違いないのだが……。

そんなある日のこと、買い物に訪れたスーパーの入り口のベンチで、身を捩じらせて笑い転げている中学生らしい二人の女の子を見かけた。

「箸が転んでも可笑しい」年頃の十四、五歳ぐらいだろうか。いったい何がそんなに可笑しいのかと、聞いてみたくなるほどの笑い様だった。

そして買い物を済ませての帰り道、先刻の女の子たちの大げさな笑いを思い出していると、昨年亡くなった劇作家井上ひさしが、十年ほど前だったか、雑誌『図書』に載せていた笑いについての一文が、ふと私の脳裏に浮かんだのだった。


彼によれば笑いについての近代的な考察は、十七世紀の哲学者トーマス・ホッブズに始まり、十九世紀になるとベルクソン、カント、フロイトや小説家のスタンダール、さらに二十世紀には演劇界を沸かせた劇作家マルセル・パニョルなどが、彼らそれぞれの表現で笑いについての理論を残しているという。

しかし、ひさしに言わせると、「笑いとは、他人に対して我々の優越を忽如として、しかもきわめて明瞭に見た結果生まれるもの」（人生論）と言った先達ホッブズの考察と、それらはあまり変わっていないとか。

また、人間は何故笑ったのかを少しは説明していても、笑いの正体を突き止めていないし、どうしたら観客を笑わせることが出来るかという劇作家にとって最も肝心な点については、何も教えていないと嘆いているのだった。

そして「笑いはいくら説明しても解りはしない。これは技術じゃなくて、感覚なのだから」と、井上流の居直りとも言える言葉を吐いてもいたのだった。

この一文を読んだ頃は、大阪の道頓堀に「繁昌亭」が生まれ、松竹新喜劇のドタバタなお笑いが若者たちの人気を呼んで、日夜テレビなどでも放映されていたが、いったい何処が可笑しいのかしらと、首を傾げたくなるようなものばかりだった。

一方、上方落語の人気者桂三枝が、母校の関西大で「笑いの人間学」という講座を開くなど、漠然とだが「笑いとは何か」を意識させる雰囲気が、世の中に生まれていたようでもあった。

そんな時代の風潮に押されもして、ひさしが挙げたマルセル・パニョルの『笑いについて』(岩波新書)を本屋の棚で見つけた時、読んでみようと買ったのだが、結局読み通せずに終わったことを思い出した。

「そうだ、あれを読み直してみよう！」と思い立ち、本棚を探してみると昭和二十八年版で鈴木力衛訳のその本を見つけた。紙質が良くなかったせいか、半世紀ほどの間に、古本屋で見つけた古書のように黄ばみ、あちこちに褐色のシミをこしらえていた。

でも、この本が残っていたことにすっかり気を良くした私は、これを読み耽ることで楽しい数日を過ごしたという次第。


ところでパニョルも、やはり人はどんな時に笑うのか、その定義などないと言う。

しかし一方で「自然界に笑いの源泉はないが、喜劇的なものの源泉は、あくまで笑い手の中にある」と述べていて、笑いは優越感の表現どころか「勝利の歌」とさえ言っている。

己より弱い立場の人間に対する優越感から笑いが生まれるというのは、一寸考えてみれば、私たちの日常でも経験することだし、狂言や落語に、少し頓馬な太郎冠者や〝八さん〟〝熊さん〟が登場して、笑いを生んでいることを思えば、素直に肯ける。

更にパニョルの考察は鋭く、人には憐憫と恐怖という感情があるが、それは笑いを制止するという。

何故なら、相手の苦しんでいる問題が、あるいは自分自身をも脅かすかもしれぬと思うと憐憫と恐怖の感情が生まれ、相手に対するいかなる優越感も失ってしまう……「笑いは憐憫の始まるところで停止する」と付け加えていて、成程と納得した私だった。

読んでいて、笑ってしまう笑いの実例は七〇ページにも及んでいるが、ここに紹介するゆとりの無いのは、とても残念だ。

とは言うものの、私には何処かでパニョルに反論したい気持ちもあった。

彼の考察は、自己主張の強い現代人の人間性を、意地の悪い観察眼で捉えているけれど、未曾有の大震災と原子力発電の大事故を目の当たりにした今、私たちは苦しんでいる人を見て憐憫を感じるどころか、むしろ彼らの苦しみに共感して、涙しているではないか。

「笑いは共感の始まるところで始まる」と言い直したいのである。

井上ひさしが、もしこの大災害に出遭っていたら、(彼は山形県生まれだし、青年期には釜石で暮らしていたのだから) どのように感じ考えただろうかとも思った。

ところで、最近、彼が亡くなる一年前の四月に出版された『ふかいことをおもしろく』(ＰＨＰ研究所) を読んでいたら、彼の笑いについての結論とも思える一文に出会ったのである。

人は放っておかれると、悲しんだり、寂しがったり、苦しんだりするが、そこで腹を抱えて笑うことはない。笑いは外から与えられて初めて生まれるもので、しかもそれは、送る側と受ける側とで共有して初めて機能するもの……「笑いは共同作業です」と断言している。

落語やお笑いの変わらぬ人気も、結局人が外側で笑いを作り、みんなで分け合っているからだとも言っている。

そして芝居では、言葉を仲立ちとして、俳優と観客との共同作業で笑いを作って行くのだが、その設計図を描く劇作家の仕事は、厳しいけれど面白く贅沢なものだと、劇作家の仕事に幸せを感じているようでもあった。

その彼の言葉は、私の胸に素直に落ちたのだった。

ただ彼の笑いの考察には、笑いはどうして生まれるかという笑いのメカニズムは語っているが、笑いの内容については何も触れていないのが少し物足りなかった。

『何を笑うかによって、その人の人柄がわかる』（マルセル・パニョル）のだから。

音楽のたのしみ

音楽に憩う

夫が入院中の私には、「おひとり様」の時間が多くなった。

そんな夜、バックミュージックに小さい音量で好きなＣＤを流すと、いつの間にか一人だけの不安や寂しさが消えて、片づけ仕事も手順よく、読書にも集中出来る一時が生まれる。

一九四〇年代の後半は私の中学、高校時代で、まだ大阪の町には空襲の焼け跡の寥々とした空き地があちこちに残っていたし、廃材を集めて寄り添うように建てられた粗末なバラック建がそこここに立っていたりして、敗戦の痛々しい風景が残っていた。誰もが自分や家族のいつもの暮らしをたて直すことに精いっぱいで、趣味や娯楽と言えるほどのものは殆ど持てなかったように思う。

けれど、私の住んでいた北摂の町には、隣町に進駐軍の空軍基地があったためか、彼らが持ち込んできたニューオルリンズ・スタイルのジャズ～コルネット、ピアノ、バンジョウ、それにドラムなどの編成で、賑やかなマーチ風の曲が、いつも何処からともなく流れこんでいて、空襲による被災も少なかった幸いにも恵まれて、ジャズに熱中する若者は多かった。

私の家の近隣でも、演奏を楽しみに出かけるのか、大きな楽器ケースを提げて家を出入りする彼らの姿をよく見かけたものだし、誰それは軍のバーで、夜通し演奏して学費を稼いでいるという噂も流れたほどだった。

また一方では戦争中から続いた青年会があって、戦争前からのクラシック愛好者を中心に、クラシック音楽の鑑賞会が、メンバーの自宅を開放してしばしば開かれてもいたのだった。

参加資格は大学生以上だったが、ご近所のよしみで誘われたこの会で、初めて聴いたメンデルスゾーンのヴァイオリン協奏曲の優美な旋律に魅せられて以来、私はすっかりクラシック・ファンになってしまったのである。

やがて、レコード盤もそれまでの78回転ではなくて33回転のＬＰ盤が出現して、音も美しく一枚で長い時間楽しめるようになって、音楽ファンにとっては嬉しい時代が始まったのだった。

私の家でも、それまでの手回しの蓄音機が、当時高校一年生だった弟の手で、ステレオを備えた電蓄に作りかえられた。私も徹夜で彼を助けて作り上げ、初めてスピーカーから音楽が流れだした時の喜びは今も忘れられない。私はこの電蓄で、沢山の音楽を楽しませてもらったのである。

現代のように、CDやDVDが日常当たり前の時代がやってくるなど、想像も出来なかったけれど。

そんなわけで、私の選ぶのはクラシックの曲に決まっているのだが、その時々の気分のあり様でいろいろである。以前はバッハの曲が一番のお気に入りだったが、この頃では、何故かシューベルトの曲がぴったり心に馴染むようなのだ。

バッハの宗教曲は別にして、彼の無伴奏のヴァイオリン・ソナタや、同じく無伴奏のチェロ組曲は、古典舞曲をいくつか組み合わせて作曲されたものだが、弾けるような弦楽器の強い響きは躍動感にあふれ、人間の生き生きした生命の歓びを感じさせる曲である。

どんなに気落ちしている時でも、これを聴いていると、いつの間にかしゃんと立ち直れるから不思議である。バッハの神への深い信頼と人生肯定の強い精神が、聴き手に伝わってくるからかもしれない。

ところがこの頃では、シューベルトの甘美なやさしい哀愁が私を捉えてしまうのだ。

大学生活を東京で過ごした弟は（五年前に他界したが）夏休みなどに帰省すると、習い覚えたドイツ語でシューベルトの「冬の旅」や「美しき水車小屋の娘」などのリートをよく口ずさんでいたもので、静かな夜に一人シューベルトのリートを聴いていると、彼の若々しいバリトンが耳元で囁くように聞こえ、私を誘い、私は遠い青春の日々に沈潜する……。凍てつくような寒い日が続き、夫を見舞う病院の行き帰りに疲れた私には、何よりも心の和む一時なのである。

そんな一月のある日のこと、テーブルの上の朝取り込んだままだった新聞に気づき、手に取ってみると「九十七歳　音楽批評の挑戦」という大きな見出しが目に入った。白髪の吉田秀和さんの近影と自伝的エッセー『永遠の故郷』の完結を紹介した一文だった。

今までも氏の音楽評論の柔らかく艶のある文章が好きで、いつも楽しんで読んで来たのだが、九十七歳にしてこれからも、自分の感じ方を大胆に表現していくことに挑戦するとのこと。

それに続いて、シューベルトの晩年の歌曲集『冬の旅』に触れ、私たちもよく知っている『菩提樹』についても語られていて、私は味わい深く読んだのだった。

この曲は、泉のほとりに茂る菩提樹の陰で、一人の旅人が様々な夢を抱いた若い頃のことを思い返す～その想いを言葉にしたミューラーの詩に、シューベルトが曲づけしたもので、ホ長調の穏やかな旋律で始まり、やがて激しく強い調子の短調に変わる。そして再び、温かなホ長調で最終章を迎えるという曲想になっている。

氏は「作曲者自身が『それでも人生は美しかった』とほほえみながらこの世に別れを告げているかのような珠玉の小品だ」と、この曲を人生に重ねて評されたのだった。

この言葉は吉田秀和さん九十七歳の観照でもあると感じて、私もいつの日かシューベルトを聴いた時、氏のような観照に辿りつきたいものと思った。甘い感傷ではなくて。

モーツァルトの顔

モーツァルトにはいろんな顔があると私は思うのです。

十九世紀この方、彼についてそれは沢山のことが語られて来たというのも、その証拠に違いありません。

私の一番好きなモーツァルトの顔、それはピアノ・ソナタを弾いている顔です。清らかで愛らしいミューズの顔です。

彼が幼い頃から一番親しんだ楽器ということもあって、ピアノの曲はどれをとっても、彼の音楽が自然に溢れるように流れ出ていると思われます。

特に私の心を惹くのはピアノ・ソナタ第十一番、イ長調、K三三一で、これは第三楽章が「トルコ・マーチ」と言えば思い出される人も多いでしょうが、その第一楽章のアンダンテ・グラツィオーソはまるで春風に遊ぶ小鳥のように軽やかで、ういういしさに満ちています。

「捕らえたばかりの小鳥の、野生のままの言い様もなく不安定な美しい命を籠の中でどういう具合に見事に生かすか、というところに、彼の全努力は集中されている様に見える……」とは、小林秀雄が彼の名エッセー「モーツァルト」の中で語っている言葉ですが、私ははじめてこの文章に出会った時、モーツァルトの音楽の単純で清らかな美しさの秘密を見事に捉えているとひどく感動したものです。

彼のピアノ・ソナタは、彼の中にあるミューズが自ずと紡ぎ出した歌と言えないでしょうか。

ところで随分前のことになりますが、夫を誘って大阪のザ・シンフォニーホールの開館記念の催しで上演されたオペラ「フィガロの結婚」を観ました。

もっとも、オペラ「フィガロの結婚」と言っても、二時間ちょっとの舞台にリメイクされたもので、登場人物は伯爵、伯爵夫人、フィガロ、スザンナ、ケルビーノの五人だけ。歌詞も日本語でという風に気楽にオペラの雰囲気が楽しめる趣向でした。

オペラ・ファンにとっては物足りないに違いないのですが、夫も私もその頃活躍していた「佐藤しのぶ」の甘く豊かな表情を持つ声で歌うスザンナが聴きたくて出かけて行ったわけなので、期待通りの彼女の好演に結構満足したのでした。

ご存知の通り「フィガロの結婚」は十八世紀に、フランスの鬼才ポール・マルシェによって書かれた民衆劇で、これをモーツァルトがオペラに仕立てたものです。

アルマヴィバ伯爵の従僕フィガロは伯爵夫人付の侍女スザンナと結婚することになったのですが、夫人との結婚生活に倦怠を覚えていた伯爵がスザンナを狙っていると知ります。

そこで、彼はいろいろ知恵をしぼり夫人や小姓ケルビーノを巧みに操りながら伯爵の浮気をとっちめて、二人はめでたく結ばれるという筋書きです。

痛快なほどに主人の伯爵を揶揄し、機略でやっつけるフィガロと、陽気でしっかり者で、おまけに可愛らしいスザンナ。

アンシャン・レジイムを打ち壊し新しい自由な時代を担おうとするフランス革命前夜の庶民の心意気が、生き生きと描き出されている傑作です。

そしてモーツァルトは、ここに登場するすべての人物のキャラクターを見事に捉えて、実に楽しいオペラにしました。

私はスザンナのアリア「愛しい人よ。早く来て」を聴きながら、オーケストラ・ボックスの一隅で満足そうに笑うモーツァルトの顔を想像しました。それは、十八世紀末葉という彼の時代を一生懸命生きた三十歳の男の誇らしげな顔でありました。

私たちは、モーツァルトについて何か人間とかけ離れた存在、美しい天上の音楽を創った天才というイメージを抱きがちです。

しかし、彼が遺した父や妻や友人たちへの手紙などからは、若者の苦悩や焦燥や喜びが手に取るように伝わって来ます。

彼は二十一歳の時、故郷のザルツブルグを離れ音楽家として立つために旅に出ます。

やがて美しい歌姫に恋をして破れ、音楽家としても自分の望む仕事に就けず、不本意ながら再び故郷へ帰らざるを得なかったという挫折を経験します。

「……僕が演奏してやると、これは素晴らしい！　考えもおよばない！　驚くほかはない！　……（と言った後で）じゃさようならとくるのです。この土地にいない人にはこのことがどんなに致命的なことか信じられません」と、パリから父への手紙に書いています。

そして、その故郷でも、彼の音楽家としての強い自負が当時の封建領主である大司教との間に軋轢を生み、「フィガロの結婚」上演の時期が人気の頂点で、その後死の直前まで、彼は彼の音楽を真に理解する支持者を持てず孤独の中で生きたのです。

彼は神と妻子を愛しながら、自らの才能に導かれるままに、ひたすら自らの音楽に生きた憂愁の男だったと言えましょう。

私はこのところ、彼の晩年の作品「クラリネット五重奏曲イ長調、K五八一」がとても気に入っています。

クラリネットとヴァイオリンとの対話風の掛け合いも美しく、いかにも彼らしい明るく清澄な曲ですが、何処かその底に人間の哀しさが隠されているように思います。

人間という存在の孤独さ、それは至極当たり前の人間の在り様なのですが、そこはかとない哀しさとなって、いつもは人の心の奥にしまい込まれています。

私はこの曲を聴いていますと、それがクラリネットの美しい音と静かに共鳴するような気がするのです。

この時、現れてくるモーツァルトの顔、それは自らの人生を受容した静かな男の顔なのです。

日曜日のピアノコンサート

毎年九月が近づくと、ピアノ発表会の案内状が私の手元に舞い込んでくるのです。それは私も加わっている小学校同期生の会『土曜会』のメンバーの一人、木村寛さんからのもので、彼は会社を退職したらピアノを習いたいと常々言われていたが、ようやくその念願を実現させて、あるピアノ教室の門下生の発表会で演奏を披露するまでになられたのでした。

今でも私は、彼の初めての発表会の様子を、鮮やかに思い出すことが出来ます。

それは決まって日曜日の午後開かれ、会場は大阪市の近郊、吹田市にある「メイ・シアター」でした。可愛いお下げ髪の女の子、Tシャツ・Gパンの中、高校生、華やかなドレスの女子大生などに混じって、白髪まじりの彼が、やや緊張した面持ちでステージに現れた時、会場には一瞬、小さなざわめきが起こり、私ですら、少なからず違和感を覚えたものでした。

ところで彼の演奏曲目は、シューベルトの「ピアノ即興曲作品九十の四」、シューベルトの死の前年（一八二七）に作曲されたものです。

右手がアレグレットの速さで、アルペッジョ（分散和音）を流れるようにピアニッシモ（再弱音）で弾き、それに左手が哀愁を含んだ和音で答えていくという技巧的にも難しい曲なのです。

「出だしが難しいんだよな。これがうまくいったら、すっと曲に乗っていけるんだけど……」と、出番前、彼はしきりに言っていました。

彼は幼い頃に手ほどきを受けたそうで、小学校の教室などで、ピアノの遊び弾きをしている姿はよく見かけたものですが、彼がどれほどの弾き手であるのかは、その時の私には、全く解らないことでした。少々のミスタッチは仕方がないにしても、アルペッジョの繰り返しをうまくこなし、無事に演奏を弾き終えるようにと、ひたすら願いながら彼の演奏を聴いていました。

でも、それは全くの杞憂だったのです。

シューベルトが、死を前にして創ったこの曲には、人生の哀歓がしみじみとロマンチックに歌われています。

彼の演奏には、若者の持つエネルギッシュな力感はなかったのですが、人生の厚みとでも言うのでしょうか、陰影のあるその音色は、シューベルトの心を表現していると、一人納得していた私でした。

彼が弾き終わるや、私の傍で聴いていた同じクラスメイトの石澤さんが、大声で『ブラヴォー!!!』と、喝采を送りました。

その時の彼のはにかんだ笑顔が、私に、少年の頃の彼をふと思い出させたのでした。

この後、彼の演奏会は私たちの楽しい年中行事になっていましたが、思いがけなく先年の冬、彼は鬼籍に入られて、彼の演奏会のあれこれは、今や、私たちの間の懐かしい物語になっています。

小さな教会で開かれたチェロ・コンサート

四月の最後の土曜日、私の住む地域の小さなプロテスタント教会で、チェロのコンサートが開かれた。五十年来の友人和子さんに誘われて、チェロの好きな私は、喜んで彼女の誘いを受けたのだった。演奏者はヴラダン・コチ氏で、チェコ・スロバキヤ生まれのチェリスト。彼は現在プラハ音楽院の教授であり、チェコの傑出したチェリストとして活躍しているという。

受け取ったプログラムを見ながら、どうしてこのようなチェロの名手が、関西の小都市豊中などで演奏会を開くことになったのか、一寸不思議に思った。

が、そのプログラムに添えられた一文を読んで、私は納得したのだった。今回の演奏会はアムネスティ・インターナショナル設立五十周年記念のためのもので、横浜、京都を始め日本のいくつかの都市を回り、当の土曜日の一週間前には、西宮にある兵庫県立芸術文化センターでも演奏会が持たれたのだった。

そして大阪のアムネスティ活動は、和子さんを中心にした主婦たちによって、この豊中の地で始まったので、この記念のコンサートが、豊中で開かれるのはごく自然なことだったのだ。

アムネスティ・インターナショナルの活動については、誰もが知っているところだが、それは一九六一年、独裁政権下のポルトガルのカフェで「祖国の自由のために！」と乾杯したために、七年の刑を受けた大学生の釈放を求めて始まったものである。

自分の考えや心情を非暴力で表現したことだけで捉えられている、いわゆる『良心の囚人』の救援活動……すべての世界の人々が、国際人権法に定められた人権を享受できることを目指すＮＧＯなのである（一九七七年にノーベル平和賞を受賞している）。

ミャンマーの民主化運動の指導者アウン・サン・スー・チーさんや、最近では今年のノーベル平和賞を受けた中国の劉暁波さんなど、自国の政府によって長い間自由を奪われているが、そうした国家権力による個人の人権侵害は、民主化の進む今日でも世界各地で起きていて、アムネスティの活動は、個人の自由を願う世界の人々から支持されているのだ。

このヴラダン・コチ氏も、チェコ・スロバキヤの共産党独裁時代に、兵役を拒否して国家反逆罪で投獄された経験者なのである。

一九八九年にチェコで起こった民主化運動「ビロード革命」で釈放されたが、獄中に在った時、彼の妻や三歳の子供を経済的に支えたアムネスティの活動に深く感謝し、以来、音楽活動を通してアムネスティを支援し続けているのだと、今回のコンサートをきっかけに知ったのだった。


コンサートの会場となったこの小さな教会は、その創立はずいぶん古く幼稚園も併設しているので、地域の人々との繋がりは長く深い。

私の娘もこの幼稚園に二年間通い、日曜日ごとの礼拝には私も娘と共に出席して、多くの友人を得（和子さんもその一人）、キリスト教に少し触れもしたのだったが、娘の卒園以来すっかり疎遠になっていて、信者たちの寄付によって古い礼拝堂も建て直され、パイプオルガンも供えられたとは聞いていたが、長い間訪れることも無く過ぎていたのだった。

コンサートの当日、会場となった礼拝堂に入ってみると、嘗ての古い会堂の面影は全くなく、ヨーロッパのゴシック建築のそれに似て、吹き抜けの天井は高くステンドグラスの窓は春の日差しに輝いて、荘重な雰囲気を醸していた。

でも、世界的なチェリストの演奏会場としては狭く、用意された客席二二〇席はすべて満席、設えられた舞台も客席と同じ平面で、コチ氏が着席すると、聴衆と彼との距離は人一人か二人が通れるほどしかない。聴衆のかすかな身じろぎもプログラムを開く音すらも、彼にとっては煩わしいことだろうと、私は内心ハラハラして開演を待った。

が、彼は着席するや人懐っこい顔で聴衆を眺めると、やおら弦を取り演奏を始めたのだった。

背は高く、髪は日本人のように黒く、いかにもスラヴ系の血を思わせる彫の深い顔で、青い眼はやさしさに溢れていた。

バッハの無伴奏チェロ組曲　第一番（ト長調）で始まり、フランクのソナタ、ドヴォルザークの小品、捕らえられた体験から生まれたという自作の『深き淵より』などを弾いたが、彼の演奏は次第に熱を帯び、チェロの甘い音色はやさしく、その低音の響きは深く力強く、私の胸底に沁み徹るようだった。

特にアンコールに応えて弾いた二曲は、明るくリズミカルなチェコの民謡風で、彼の表情も楽しげな素晴らしい演奏だった！

弾き終えると、彼は東日本大震災に遭った日本へ心のこもった祈りの言葉を残して、舞台から退いていった。

その後、今年八十歳余の和子さんが椅子から立ち上がると、彼女の長年の活動を讃えるかのように、会場の何処からともなく拍手が起こり、しばらく鳴りやまなかった。

彼女はその細い身体を何度も折り曲げていたけれど……。

思いがけないコンサートの幕切れに、私は一層心を温められながら会堂を後にしたのだった。

「幸いなるかな、心貧しき人々　天国は彼らのものなればなり」（マタイ福音書　5・17）

日々の想い

原子力発電の危うさ

二〇一一年三月十一日に起きた東日本大地震のかつてない規模の大きさ、その破壊力の凄まじさに、ただ呆然と声も無くテレビの画像を見つめるばかりだった。

それに続いて、福島県の東京電力福島第一原子力発電所が被災し損傷を受けたと伝えるニュースは、核物質による汚染の被害を想像させ、私を言い知れぬ不安と恐怖に陥れてしまった。

そして、地震発生から二〇日余りが経っても、被災した地域への必死の救援活動にもかかわらず、その救援物資は遅々として被災者に届かない現実にも、もどかしさを感じるばかりだった。

一方、不安が的中したかのように、原発損傷によって次々に起こってくる様々な事態~飲料水や野菜の汚染、復旧に従事していた作業員の被曝、そして原子炉それ自体の損傷が窺える高濃度の核物質の漏出、原子炉冷却に絶対欠かせない建屋への注水と、それによって起こる汚染した大量の水処理の問題、ついには原発のある地域住民の集団移住などなど、原発被害のもたらす深刻さを改めて思い知らされている。

テレビに映し出される被災地の瓦礫の山と化した無残な光景や、寒さや生活の不自由さに耐えながら必死で生きている人々、懸命に活動する自衛隊、消防隊やボランティアの人たち、それに危険な原発構内で復旧に従事する作業員たちの姿を見るにつけ、何の手助けも出来ない自分の腑甲斐なさを思い知るばかりだった。

否応なく私は、もはや四半世紀も前（一九八六年）に起きた旧ソ連のチェルノブイリ原発事故を思い出さずにはいられなかった。そして、その事故後に出版された田中三彦氏の『原発はなぜ危険か』（岩波新書）を、改めて読み返してみようと思ったのだった。

この本は、原発心臓部である圧力容器を製造していた「バブコック日立」の当時の製造技師だった氏が、原子炉製造に携わって体験された様々な問題を、冷静な科学者の目で見詰められ書かれたものである。

告発とか暴露とかではなく、人間の未来を思う切々とした心情でその安全性についての疑問を指摘され、貴重な提言もされていて、改めて原発について考えさせられた。

その中で、私が特に関心を持った問題があった。

それは一九七二年から七四年にかけて製造された東京電力の、それも福島第一原子力発電所の四号機の原子炉圧力容器（円柱形）に、最終検査で法規の許す範囲を超えてひずみ（容器の円形断面が楕円形に歪んでいた）が発生していたという問題である。

日立の社運を賭けての必死の矯正作業が極秘のうちに二カ月に亘って行われ、ともかくも矯正は成功し、その圧力容器は東京電力に納入された。が、その矯正作業というのは、改めて炉に熱を加えることで歪みを取り除く作業なのだが、予定外の加熱によって炉の材料である鋼のねばり（靭性）が、それだけ低下するという後遺症が生まれるという。

当時の材料強度学はこの後遺症の程度を量的に評価できるだけの研究が進んでいなくて、「容器の形を整えることを最優先し、いわば後遺症の小さいことを『祈りながら』矯正作業した」と、氏は述懐されている。

このひずみ発生は、炉の製造に当たった日立の従業員に何らかの落ち度があったわけではない。彼らは絶対にミスの許されない原発炉の製造に、誇りと自信を持って懸命に臨んでいたに違いない。

それにも拘らずひずみが生じたのは何故なのか。炉の材料である鋼についての科学的研究がいまだ十分でなかったこと。それが原因であったと氏は明言されているのだった。

原子炉の安全性を漠然とだが信じていた私をさらに驚かせたのは、炉は中に入っている核燃料の燃焼によって常に放射線に曝されているわけで、いかに強度な鋼鉄で造られていても金属疲労～脆化は必ず起こり、それによる炉の破壊は避けられないことだという言葉だった。


私の驚きをよそに、その日の原子力安全委員会の報告は、原子炉建屋の外に高濃度の放射線を含む水が漏出しているというもので、氏の言葉通り、原子炉のどこかに脆化破壊が起こったのではないかと想像されたが、その原因は発表されなかった。

そして翌日の原子力保安委員の記者会見で、新たに原発炉近くの土の中に、核燃料の燃焼の後に排出されるというプルトニュウムが検出されたとの発表があった。

これは原子炉の中の燃料棒が溶融し、容器の外へ漏れ出したという最悪の事態である。

想像した通り、原発周辺の地面から、また何れかの原子炉の取水口付近の海水から、高濃度の放射性物質が検出されたという報告が相次いだ。

誰もが、このような重大事にならないようにと願い見守って来たのだったが……。

今回のような大規模な事故の対処法をはじめ、「死の灰汁」と言われる使用済み核燃料や老朽化した原子炉の処理方法など、重要な問題が未解決のまま原子力発電がスタートしてしまったことに、田中三彦氏は大きな危うさを感じ、この本『原発はなぜ危険か』を書かれたのだった。

これが出版された一九九〇年はチェルノブイリ原発事故の後でもあり、世界の世論の多くはエネルギー資源としての原子力発電に反対だったし、日本でも、殊に発電所の設置された地域の住民によって、激しい反対運動が繰り広げられていた記憶がある。

しかし結局は、国の原子力発電政策を受け入れたのは私たちだった。

それからの年月を振り返ると、人間の豊かな生活を保障するエネルギーの需要は増大するばかり、それによって地球の温暖化は抑制の目途も立たない。そして温暖化は、大きな自然災害を幾度となく引き起こして来たのだった。

そして今や、二酸化炭素を排出しないクリーンなエネルギーとしての原発への期待は大きくなって、世界の国々の多くは、原子力発電を推進しているという現実が生まれている。

でも私は、今回の原発事故で、エネルギーをふんだんに消費しながら楽しんで来た快適な生活が、どれほど危険で不安定な基盤の上で営まれて来たかを思い知らされている。

日常生活の些細な心がけでも節電の効果はかなり大きいと、いろいろ計画の緻密さに欠けているとの批判はあるが、東電の計画停電を見守っているところだ。

戦争世代の私は、その頃よく使われた「もったいない」とか「節約」という言葉から、当時の生活の暗く切ない気分がよみがえるが、ささやかな私の暮らしの中で、せめてもの出来ること「節電」に努めているこの日ごろである。

有難いことに、フランス、アメリカなどからの国際的な支援も相次いでいて心強いが、それに感謝しながら、一日でも早い事態の好ましい収束を願っている。

そして原子力に頼らないエネルギーの開発に期待もし、また、私たちの生活観そのものをも変えなければと、思うことしきりである。

日本人の「神さま」

近頃は地域の活性化のためか、町や村に古くから伝わる祭りや行事が改めて掘り起こされて、人々で賑わう様子がしばしばテレビで紹介されている。それを観ていると、祭りなどいよいよ豪華で、かつては神を祭る素朴な神事だったはずなのに、見物客を楽しませるばかりの見世物のように思えてくる。

もう随分前の話だが、毎年行われる五月十五日の葵祭の行列が雨で中止となり、雨でぬれた装束の補修費が、行列の運営費三千万円のうち一千万円にもなるという記事を新聞で読んで、やはりと驚いたものだった。

また「宮参り」や「初詣」、入学祈願などの「願掛け参り」で賑わう神社の風景を見るにつけ、日本人が心に抱いている「神さま」とは一体どのようなものなのかと、いつも考えてしまう。

そして「古事記」や「日本書紀」に登場する神々は、八世紀初頭の支配者だった天皇家の祖神を中心に、その支配体制に見合うように整序されたものということだが、それらの神々とは別に、古代の日本列島で狩猟や農耕を営みながら暮らしていた私たちの祖先、彼らが抱いていた神さま……日本人の神さまの原型とでも言えばよいのだろうか、その神さまとはどのような存在だったのか、なぜかそのことが私の興味を誘って止まない。

江戸時代の国学者本居宣長は「尋ならず、すぐれたる徳《こと》のありて可畏《かしこ》きもの」と日本古代の神を既定している。とても抽象的な言葉だが、古代の人は、自然現象の中に現れる異常な力……豊かな実りを生み出す一方、地震や嵐や日照りなどの天災をもたらす力に霊的な畏怖を覚えて、それを神と祀ったということなのだろう。

古来、日本の「神」は目に見えず物を言わず、姿かたちも無く、勿論人間への教えなどはない。時折、木や石などの自然物に、あるいは人間に依りついて、ご託宣を述べる霊的な存在なのだという。人々はその木や石を囲み神と祀り、神の憑いた人を「巫女」と呼んで、そのご託宣を神の言葉として聴き、そのお礼に手厚く饗したのである。

人は幸せや豊饒な実りを神に願い、神は祀られ饗されることを期待したのだという。

神と人とは、互いの利益のために相互に依存しあう関係であって、神さまとは、自然の様々な現象に関わる職能神だとも言えるとか（『日本の神々――古代人の精神世界』　平野仁啓著　講談社現代新書）。

日本人の神観念には、人大が神と一対一で向き合い、己の行為の義なることを神と誓うというような倫理性など全くなく、神を饗して己の求める現世的ご利益を期待する欲念があるばかりだと言う。

日々世情を騒がせる政治家や企業経営者の金銭に絡む汚職や事実を隠蔽する行為は、日本人の持っているこの神観念の中にその原型を見ると、言語学者の大野晋は言っていて、成程そうなのかと納得したものの、些か衝撃でもあった（『日本人の神』新潮文庫）。

でも、私の好きな書物の一つに柳田国男の『遠野物語』がある。

これは、今の岩手県遠野市辺りが山間の里だった頃の昔々から、人々の間に伝えられてきた数々の物語を、彼自身が聞き書きされてまとめられた貴重な記録である。

この中に、いろいろな神さまについての伝承が語られていて、昔々の遠野の人々が「神さま」をどのように感じ取っていたのかを知ることが出来て面白いのだ。

それら神さまは、時には泥んこになって田の手伝いをしてくれたり、火事を消しとめてくれたり、子供と遊んでくれたりするが、また人に祟り、人を死に至らせたりもするのである。

いつもは人々の住む家の中や身近な自然……森や川や木や石などの中に潜んでいて、姿は見えず言葉も一切語らないが、人々の暮らしをじっと見詰めているようで、なんとなく不気味な存在として記されている。

「そんなことをしたら、神さまの罰が当たるよ」とは、私の幼い頃、孫たちを叱る時に祖母がよく使った言葉である。

「神さまなんていやしないわ」と生意気に口応えをするものの、「本当に神さまがいたらどうしよう。罰って怖いんだろうなぁ」などと、内心は少々心配していたものだ。

でも「神さま」の存在は誰にも解らないし、「罰なんて当たりゃしない」と手前勝手に高を括って、私は安心もしていた。

祖母にしたところで「神さま」を心底信じていたかどうか。孫を躾けるための権威づけに神さまを使っていたのかもしれないが、幼い私には「神さま」は、やはり怖ろしい存在だった。

私が祖母と暮らしていた昭和十年ごろは、家の中も町中も、今のように照明は明るくなかった。ことに夜は暗く、六十ワットの白熱電球の光は弱々しく、人のいない座敷の床の間の隅や欄間の陰、板張りの天井などに暗い影を作り、おまけに窓の外は真っ暗な闇である。

庭木の後ろなど一層黒々として、幼い私には祖母の言う「神さま」が何処かから覗いているように思えて、夜という時間は好きになれなかった。

今思えば祖母の神さまは、『遠野物語』の中で語られる神さまと何処か通じるようで、その素朴さはやはり懐かしい。


日本という島国は、鬱蒼とした樹林で覆われた山々が太平洋や日本海に切り立つように迫っている。その二つの海に注ぐ大河の下流に広がる堆積平野を除けば、山また山である。昔から日本人は、そんな山々の麓の盆地や切り開かれた里山に集落をつくって暮らして来たのだ。そんな山の住人にとって、森の木々や山の石ころ、谷川の淀み……すべてが心の世界に深く食い込まれていて、彼らはそこに霊的なものを感じていたのだと思う。

日本の古代の神さまについて、そんなことをあれこれ考えていた頃、ある日の夕刊の小さなコラムに、イスラムを撮り続けて来た写真家の野町和嘉の写真展が、東京で開かれるという案内文を目にして、もう何年か前に雑誌で読んだ彼の言葉を思い出した。

物忘れが激しくなったこの頃なのに、私が忘れていなかった言葉とは、彼が写真の仕事で、初めてサハラ砂漠に出会った時の体験を語ったものだった。

「地平線に囲まれた砂漠の夜の中に、ただひとり身を置いている中に、絶対神と自分が一対一で向き合っているというイスラム信仰の原点が、なんとなく解ってしまった」という凄い言葉である。

空と砂だけの風景が自然に体の中に入って来て、それが彼にとって、何か親しいものに感じられたというのだ。人間には極端な風土にどうしてもなじめない人と、理屈なく馴染んでしまう人と二通りあるのだとも書いていた。そして彼はその後、ごく自然にムスリムになられたそうだ。

私はこの一文を読んだ時、人間が神を体験するのは理屈ではないにしても、いささか衝撃的すぎる体験だと、忘れ難い印象を受けたのだった。

その後たまたま、井上ひさしの『作文教室』を読んでいたら、「日本語語彙上の特色として星の名が少ない……。日本人とは、結局星をあんまり見ていないということなのですね。夜空を見上げない。だから、この宇宙の果てにまで思いが広がらない……」という風な一文に出会った。この文章がどんな文脈で使われていたのか覚えていないが、山深い日本の風土では、空は見えなかったので、身近な木や川や石などの山の営みの中に、日本人は宇宙とか神を感じたのだと改めて合点もし、また野町和嘉のたった一人の砂漠の夜の体験も、理解できるように思ったのだった。

この宇宙に神が存在するかどうかは別として、人間に神という観念が生まれてくる心の動きは、少なくとも、彼が生きている地域の自然や風土と深く関わっていると思うようになった。山に囲まれた山梨県を故郷に持つ祖母の心にある神さまが、何処か柳田国男の語る伝承の世界と繋がっているように思えるのも頷けるのだった。

それはともかく、現代のように夜でも真昼さながらの明るい蛍光灯がともり、樹木の少ないコンクリートの建物ばかりの都会に暮らす私たちは、霊異な感覚を身近な日常で体験することなど殆ど無くなってしまったのは淋しい。

そして又、「神さま」とは人間が己の都合にあった御利益を受けるためにのみ存在するというような日本人の「神さま」観念も、私には少なからず気になるこの頃なのである。

やさしい神さま

先の大戦が終結すると、それまでは禁止されていた欧米先進諸国の書物が次々と翻訳され出版されて、それらが伝える新鮮な知識に、当時の若者は魅せられ様々な刺激を受けたものだった。

それらの翻訳物の中で、女学校（旧制）二年生だった私が熱中したのは、今では殆ど読まれていないが、ドイツのノーベル賞作家で詩人のヘルマン・ヘッセ（一八七七〜一九六二）の作品である。

それらには抒情的な美しい散文詩とも言える小説と、少年が自己に目覚めて様々なこの世のしがらみと闘いながら、自己を確立していく様を描いたものとがあるが、そのいずれもが透明で詩的な文章で描かれていて、私を魅了したのだった。

その中で『クヌルプ』は、ヘッセの「お前自身のあるがままに生きる」という思想を凝縮したような、彼の心の歌が聴こえてくるような一編だった。私はそれを何度繰り返して読んだことだろう！

旅職人として町々を流れ暮らす主人公のクヌルプが、放浪の旅先で吹雪に出会い、路上に倒れ意識が薄れる中、彼の目の前に神さまが現れる。

神さまは彼の人生についていろいろ語りかける。それは恋を失い逃れるように故郷を出て、家族も持たず旅職人としての孤独な生活だったが、行きずりの旅先で村人に混じって歌を歌いまた踊り、ひと時彼らを楽しませもした人生だったのだ。

神さまが「お前はあるがままに生きたのだ。何も嘆くことはないではないのか」と言われると、彼は「そうです。そのとおりです。私は何時もそれを知っていたのです」と肯く。

すると、神さまの「それで何もかもいいんだね？　何もかもあるべきとおりなのだね？」という優しい声が聞こえた。

「ええ　何もかもあるべきとおりです」とうなずいた。神さまの声が微かになり、彼は両手に積っている雪の重さを感じて、振り払おうと思ったが、眠ろうとする意志の方がはるかに強かった……。

神さまとクヌルプとが対話するこのシーンを読んだ時、父親のような、親しい友のような、なんて優しい神さまなのだろうと、とても感動したものだった。

私たちの世代といえば、先の大戦中、日本は天照大神を皇祖神とする神の国であり、「いかなる敵にも必ず勝つ」と日々教えられ、その神をのみ信じて、ひもじさや空襲の恐怖にひたすら耐えて戦ったのだった。

それが負け戦に終わり、「現人神」天皇は神ではなく人間だったという「人間宣言」があっけらかんと出された。それは私たちにある安堵をもたらしたが、また大きな衝撃でもあったのだ。

以来、「神さま」という観念は、私の意識からタブーのように遠ざけられていたのだった。

そんな私の前に「クヌルプ」の優しい神さまが現れ心魅かれて、その神さまのことを知りたいと近くの教会へ日曜ごとの礼拝に足を運んだり、公会堂などで開かれる講話を聴きに行ったりもしたが、私の心に届くような説教を聴くことは無かった。

それに、キリスト教の本義の宇宙を創造されたという唯一絶対の神の存在も、神の子イエスの復活や伝えられる数々の奇蹟についても、納得し信じることが出来ないまま、長い年月は過ぎて行ったのだった。

ところで最近、好評と聞いていた、共に社会学者の橋爪大三郎と大澤真幸の対談集『ふしぎなキリスト教』(講談社現代新書)を薦められて、とても興味ぶかく読んだところなのだ。

両氏の波長の合った対談は、二千年余の人類の歴史に功罪はあるにせよ、大きな影響をもたらしたキリスト教についての深い洞察に満ち、それを明晰な言葉で説明される語り口の巧さにも引き込まれて、私は楽しく読みながら、キリスト教の奥深い謎に、少し近づけたような気分だった。

いろいろ紹介したいところだが、とくに信仰についてのくだりでは成程と納得し、その洞察の鋭さに感嘆するところが多かった。

イギリスの有名な進化生物学者のリチャード・ドーキンス~進化について多くの著書を書いているそうだが、以下は、その彼についての一文である。

「ドーキンスは、自分は無神論者で、キリスト教などいかなる宗教も信じてはいない、と言います。たしかに、意識のレベルではそうです。しかし、ドーキンスの本を読むと~それはとてもよい本ですが~、その内容は聖書とは矛盾していても、あのような本を書こうとする態度や情熱は、むしろ宗教的だ、と思わざるを得ません。創造説を何としても批判しなくてはならないというあの強烈な使命感、そして創造説か進化論なのかということに関連した、一貫性への非常な愛着。こうしたものが、宗教的ではなくて何だろうか、と思うのです。……」

この一文から読み取れるのは、人間は、彼の生きた社会に流れる伝統的なエートス（倫理的雰囲気とでも言ったらよいのだろうか）によって、無意識のうちに彼の行為や態度は規定されているということだろう。

それは前回の私の拙稿で書いたこと~それぞれの民族が暮らす地域の風土が、彼らの抱く神さま観念と深く関わっているという考え方と共通していると納得した。

夜のサハラ砂漠にたった一人で降り立って、絶対神を理解した日本人の写真家の体験は、やはりとても稀なことに違いない。

先の東日本大震災後、忍耐強く互いを思いやりながら、その復興に努力する東北人の姿が世界中から称讃されている。それを聴く度に誇らしく思う私だが、一方で日々起こる無軌道で悪質な犯罪の多さを見聞きするにつけ、日本人の行為を律するものはいったい何なのかと、考えてしまうのだ。

自分の行為の義を常に神に問い対話する〜これを祈りというのだそうだが〜文化を持つというのは、やはりキリスト教を信じる者の強みではないだろうか。

それはともかく、日本人の心（あるいは行為）を律する規矩を、何に求めたらよいのかと考えるこの日ごろである。

さくら

美しい満開のさくらを眺めていると、いつも思い出すのは私が娘時代を過ごした実家の庭の桜のことである。

それはまだ若いソメイヨシノだったが、それでも家の二階の屋根まで梢を伸ばし、春になれば、淡いピンクの小さい花をつけて、私たち家族を楽しませてくれたものだった。

私の育った頃、それは昭和十年代だが、家の辺りでは、大抵の家の庭には桜の木があって、花の季節になると、家々をめぐる道は見事な桜のトンネルとなり、花びらが風にひらひらと散る風情は今も忘れ難い。

でも、先の大戦後に建てられた新しい家々には、桜はほとんど見当たらないように思う。散歩がてらに町中を歩いていて、思いがけず古い学校の運動場の片隅や、川縁に取り残されたように立っている桜を見つけると、私はそこに昭和の時代を見るような懐かしさを覚えて、自然に足を止めてしまう。

昭和の初めと言えば、日本が何とか世界の列強に肩を並べようと、強い国家意識の下に国民を統制した時代だったことは誰もが知るところだが、さくらは日本の国の花と讃美され、その散り際の潔さを数々の歌にもして、多くの若者を戦場へと駆り立てたのだった。

そして、人々は自分の家の庭に桜を植えて、日本人としてのアイデンティティを確かめ、誇らしい思いもしたのではないかと、あの頃の日本人と桜との関わり方が、私には少し切なくもある……。

そんなことを振り返っていると、実家のソメイヨシノが満開を過ぎた頃のある日の出来事が思い出されてくるのである。

それは昼下がりのことだった。母が慌てて茶の間に飛び込んできて、「やっぱり毛虫がいるのよ。それも酷いのよ。ちょっと見に来て！」と叫ぶように言ったのだった。

「えぇ？　毛虫だって！」と、そこで遊んでいた私は、すぐ庭へ下りたって梢を見上げると、ようやく青葉が目立つようになってきた桜の幹や葉の裏に、ひしめくように毛虫が蠢いているのだった。

三、四センチの長さの直径五ミリぐらいの毛虫だ。てんでに頭を上下に動かしながら、滑るように幹を上へ上へと這い上がっているのだ。

「わぁ！　気持ち悪い！」と私は頭を抱えて家の中に逃げ込んだ。でも、母は決心したように家へ入ると、やがてモンペを穿き、割烹着に防空頭巾という出で立ちで、庭へ出て行った。そして手には、その先に台所の廃油に浸した新聞紙を何枚も巻きつけた物干し用の竹竿を持っていた。驚いている私を尻目に、やおらその新聞紙に火をつけると、幹や枝を這っている毛虫を火攻めにしたのだった。毛虫はたまらず、体を捩じらせながら地面へバタバタと落ち、のたうち、やがてぴくりとも動かなくなった。子供の私は、息を呑んでその光景を見詰めているばかりだった。

「花は好いけど、毛虫はこりごりね！」と、母は紅潮した顔で言った。戦時下の当時では、毛虫の駆除剤など一般にある筈もなく、また男手もなければ、母が頑張るしかなかったのだ。

その後、さくらは年ごとに美しく咲き続けたが、昭和二十年に入り空襲が激しさを増すと、桜の枝葉が焼夷弾による類焼をさらに広げるという恐れから、ご近所の桜もすべて切り倒されてしまった……。

さくらは私にとって、美しくもあり切なくもある花である。

お月さまの嘆き

お月見と言えば、まん丸い月に、薄と、三方に盛られたお団子。そして、縁先で満月を眺める家族のだんらん風景……。私のお月見のイメージとは、こんなものかしらと考えていたら、小学生時代の「小学唱歌一」に載っていたお月さまの歌の歌詞が、不意に口を衝いて出てきて、「出た、出た、月が。まあるい、まあるい、まん丸い、盆のような月が」と、声を出して歌ってしまった。

テレビで、Ｊリーグの試合を観戦していた夫が、「いったい何事？」と言いたげに私の方を振り向いた。

「この歌、知ってる?」と思わず聞くと、「知ってるさ、僕だって、歌えるよ」と言って、二番の「出た、出た、雲が。黒い、黒い、真黒い、墨のような雲が」と付け加えて歌い、私たちは互いに、ちょっと気恥ずかしいような、懐かしいような気持ちで笑い合った。この歌には、雲間から現れる満月を見た子供たちの無邪気な喜びが、そのまま表現されていると、あらためて感嘆した。

子供の頃の私は、月に映る黒い影は、「兎がお月さまの上で餅をついている姿なのよ」といつも大人たちから聞かされていたし、竹取物語などの民話を通じて、お月さまの持つ幻想的で不思議な世界と馴染み、それを素直に受け止めて、いつも心の中に仕舞いこんでいたのだった。

このように大人から子供へと語り継がれてきた民話やおとぎ話は、それを聴いた子供たちの想像力を、豊かに育んでくれたように思う。

さらにお月さまは、和歌や俳句にも多く詠いこまれてきたように思うのだが……。これは古典をあまり知らない私の単なる推測にすぎないけれど、古来「もののあわれ」を知る優しい感性の持主と言われる日本人は、エネルギッシュな太陽によりも静謐な月の姿に、より強い親しみを感じて来たのではないか。

もっとも、日本の皇室の祖神は「天照大神」～太陽神であり、昔々から人々の間に、食物の実りをもたらす太陽への熱い信仰があったことは、今でも賑わう神社のお祭り風景を見たりすると、なるほどと、そのことを納得させられる。

はてさて昔の日本人には、太陽とお月さまとどちらに人気があったのだろうか、などという他愛のない疑問も湧いてくる私である。


それはともかく、たしか満月の十月三日の夜だったか、民放のニュース番組を見ていたら「月に水が存在するか、否か」という実験が、アメリカのNASA航空宇宙局で行われたと報じていた。

なんでも、NASAの無人探査機「エルクロス」とやらを月に激突させ、それによって沸きあがった月のクレーターの塵を分析すると、水が存在するかどうかが解るのだという。

その実験の結果は報告されていなかったが、もし水が存在するとなれば、人間の月での長期滞在が可能となり、月に埋蔵されている「ヘリウム3」という核物質を採掘することが出来て、人類に膨大なエネルギー資源をもたらすのだそうだ。

このような解説者の話に、思わず私は、夫と顔を見合わせてしまった。人間とは、なんと欲深い生き物だろうかと。

彼によると、地球は今どんなに頑張っても、増え続ける人間を養っていく力を生み出せない限界状態にあるのだそうで、人類にとって宇宙開発は不可欠なことだという。

十八世紀以来、科学研究が進み、その成果を利用することによって、人間は豊かな生活を享受してきたが、それがあまりにも人間本位に進められたが故に、もはや修復し難いほどに地球の自然は荒廃してしまったのが現状だ。

今や人間は、地球だけでは足りなくて、月をも利用しようとしているのだと思うと、私には、やり切れなさばかりが募った。

科学の進歩を願わないわけではないが、人間がお月さまに描き続けてきた美しい幻想の世界を傷つけたくはないのである。

私には満月のお月さまが、何時になく悲しそうに、人間の愚かさを嘆いているように見えて仕方がなかった。

おにぎりのある食卓

近頃の我が家の食卓には、もっとも夫と私との二人だけの食卓なのだが、おにぎりがしばしば登場するようになった。

それというのも、昨年十一月のこと、夫が突然パーキンソン病を発症して入院となり、私たちの生活は大きく揺れた。

さいわい彼の運動機能については、家の中の生活はなんとか自立できているし、杖の助けと付き添いが必要ではあるけれど、近いところなら外出も可能で、残った障害は中程度というものであった。

でも彼が受けた一番大きなダメージは、味覚と臭覚を失ったことである。食欲がほとんど出ない。

体力の許す範囲で一日に三回、二十分ほどの散歩は欠かさないが、運動不足の解消にもならず、楽しいはずの食事が苦痛だと言う夫の言葉に、食事の度に私は責められる思いなのだ。

料理は手間隙かけるほど美味しいもの。こまめに料理作りをしていた母を見て育ったせいもあり、美味しいものへの拘りもあり、私はこれまで、料理には心を配ってきたつもりだった。

でも、台所を預かって五十年も経ったこの頃では、いささか料理作りへの熱意も薄れていたのも確かなこと。

反省しきりの私は、夫の味覚が駄目なら、見た目を楽しませるように、食器や食材の彩りに工夫もし、舌触りや喉ごしの快さなど食感に訴えてみるのだが、彼の「美味しいね」という言葉はなかなか聞かせてもらえない。

先日私は、鬱屈した思いで買い物に出かけたが、その途中で、ふと思いついたのがおにぎりのことだった。

おにぎりは、米食に馴染んできた私たちの世代ばかりでなく、ラーメンやお好み焼きの好きな子供たち、また若者たちにも人気があるらしく、スーパーの弁当売り場には、いつも行列を作って並べられている。

でも、それらは機械で作られているらしく、みんな全く同じ形の趣のない三角おにぎりで、あまり買う気がしない。

自分で握るのが一番だけれど、忙しくてそれが出来ない時はどうしようかと思っていた矢先、駅前のスーパーで《五飯》と藍染された暖簾のおにぎり屋を見つけたのだった。

そっと覗いてみると、売り場の奥に白い割烹着を着て、白い帽子をかぶり、薄手ビニールの手袋をした小母さんが、湯気の立つ大きなめし釜の前で、一心におにぎりを握っていた。

お米は岩手の「ひとめぼれ」、うめは南紀「みなべ」産、海苔は淡路の「鳴門」産などとそれぞれ産地が書かれた看板も掲げていた。

私は内心「わぁ、これやわ」と、手作りが出来ない時の心当てが出来たと喜んだのだった。

ある日、このおにぎりを食卓に出しておくと、いつもなら申し訳のように、少しばかり惣菜に箸を出すだけの夫が、真っ先にその一つを手にとって、すっかり食べてしまった。

私は、「当たり！」と心のなかで喝采しながら一つ食べてみると、たしかにご飯の炊き具合も良いし、芯の「おかか」の味も上品、海苔は柔らかく仄かに潮の匂いがしたのだった。

おにぎりは、昔々に米食民族の生活の知恵から生まれたものだろうが、今でも、私たちの力強い助っ人なのだと思った次第。

「おせち」作り

今年は、長年作り続けてきた「おせち」を作らなかった。

一昨年秋にパーキンソン病を発症して以来、夫は味覚も臭覚もほとんど感じなくなり、食べる楽しさを味わえない状態に陥っていて、私は年の瀬を前に、「おせち」を作るか作るまいかで迷っていた。

おせち作りは結構手間隙がかかるもので、喜んで食べてもらえなければ、作り手は虚しい。「今年のおせち、どうしようかな？」という私の何気ない言葉に、彼は「いらないよ。どうせ、美味しいのか美味しくないのか分からないんだから、手間隙かけても無駄だよ」と、あまりにも素直な答えが返ってきて、私を戸惑わせ、また食べる楽しみを失った彼のことを思うと切なかった。

「しまった！」と、我ながら不用意な言葉だったと悔やんだが、彼は私の思ったほど自分の現状を苦にしていないのか、傍らにあるテレビのニュースを、いつもと変わらぬ表情で見入っていた。

私はほっとしたものの、数日の間は「おせち」作りをどうするのか決めかねていたのだった。

まだ娘の幼かった頃には、姑も存命だったし、彼女たちの正月の楽しみの一つでもあり、世の中の慣習でもある「おせち」作りに、私は精を出したものだが、食べ物が豊かになり、世界中の美味が溢れているこの頃、食べ物屋の宣伝が目立つ割には「おせち」の人気は陰り気味のようだ。

それに主婦の私としても正月が終わると、食べ残したおせちに、もう一度火を通したり、使えそうなものをちらし寿司の具やらおでんの材料やらに調理し直したりと、もう一手間かけねばならない。

それに、たまたま見たテレビの報道番組で知ったのだが、世界には飢えに苦しむ子供たちが多いというのに、スーパーやホテルや料理店、それに私たち個々の家からも日々廃棄されるいわゆる残飯の量は、その数字を忘れてしまったが、日本だけでも膨大な量になるのだという。

食糧難時代を経験してもいる私としては、おせちが残ったからといって、そう簡単には捨てられない。でも、もう一手間かけるのも辛い。

そんなこんなで、私はようやく、今年は「おせち」を作らないと決めたのだった。

ところが、年末に近づくにつれ、あちこちの百貨店やスーパーに並ぶ豪華な「おせち」を見ていると、正月のお膳にささやかでも「おせち」が並ばないのは、何とも淋しい気もしてきて、長年馴染みの魚屋に、おせち作りを任せてしまったのだ。

すると、いつもながら気配りのきく女将さんは、手作りに拘る私の気持ちを察してか「お宅でお使いの重箱で作らせてもらいますわ」と、早速我が家の古い重箱を取りに来てくれて、私は有難かった。

というわけで、元日のお膳には思いがけなく、品数も多く私の手作り風でもある「おせち」が並んで、心なしか夫の祝い箸の運びは良いようだった。

松の内も終わって使った重箱類を片づけながら、私は戦中戦後の食糧不足に喘いだ子供の頃の「おせち」を思い出していた。そこには、母が何処でどうして手に入れたのか、魚介類ならテンンや棒鱈の煮物、酢蓮根、たたき牛蒡などの根菜を手間暇かけて作りあげた「おせち」が並んでいた。私たち子供の人気は、ふくよかに煮込まれた黒豆やきんとんだった。その品々には、来る年の家族の幸せを願う心が込められているのだと、母はいつも話したものだった。

母のおせちの味は、やはり懐かしい。

今年の暮れの台所には、おせち作りに忙しい私が居るかもしれない……。なんとなくそんな気持ちになっていた。

下駄の音

八月半ばの昼下がりのこと。じりじりと焼けつくような日差しの中、重い買い物袋を提げて、私はひたすら我が家へと急いでいた。

余りの暑さに、日蔭を求めて自然に向かっていたのは、時おり散歩する家々の建てこんだ裏道だった。

この道は十数年前までは生垣や板塀が続く裏通りで、昔、辺りは田んぼだったのか、畦道の名残のような狭い小道が百メートル余りも家々の間を縫って続いている。

桜の頃には、道沿いの家の庭先の桜が道一面に花びらを散り敷き、夏には蝉しぐれ。また秋には木犀の香りが満喫でき、冬には垣根越しに真っ赤な寒椿が眺められるといった具合に、移りゆく季節が楽しめたもの。

それに、道端の電信柱の「道幅狭し。諸車通行止め」の看板に、「通れるって！」という落書きがしてあるのも人懐っこく、心のなごむ道なのだった。

今では市の区画整理で道幅も広がり、アスファルトで舗装されブロック塀も増えているが、それでも車の多い表通りに比べれば、くつろいだ気分で歩ける道なのだ。

大阪北部にある市豊中は、私が小学一年生になったばかりの一九三八年（昭和十三年）に、家族とともに移り住むようになったのだが、その頃は市制が敷かれてようやく二年目を迎えたばかりの、市と言うにはあまりに素朴な田や畑の広がる田舎町だった。

それから七十年の歳月が流れ、先の大戦時のＢ29による空襲から免れた幸運や、戦後の経済復興の拠点となった京阪神工業地帯に近いという地の利によって、大阪市のベッドタウンとして大きく発展し、市の風景は以前とは全くと言っていいほど変貌してしまった。

特に経済成長の著しかった一九七〇年以降は、青々と広がっていた田畑は宅地に変わり、戦前の古い家々も取り払われて、そのあと地にコンクリートのマンションや高層ビルが次々と建てられ、どんな奥まった町中の道も舗装されて車が行き交うようになった。

昔の豊中を知る私としては、何処か乾いたもの淋しい風景である。

それでも思いがけず、前述のような裏道が、僅かぽかり古い佇まいを残していて、私を楽しませてくれている。

最近この自然のままに町中を巡っている細い道は、その昔、農村だった頃の畦道だったのではないかと思い始めて、「町」の字を辞書で引いてみた。すると、「町」は田と丁から成り、丁が音を表し、踏むという意の踏から来ていること、字義は田と田の間の畦のことで、ひいては市街地の道の意味だと説明されていた。

何時も何気なく使っていた「町」という字には「田と田の間の畦を踏む」という深い意味があったのだと、かつての農村が町へと変わっていった過程を思いがけず垣間見たようで、何か納得できる想いがしたものだった。

話は始めに戻るが、私がその裏道へ入り少しホッとしていると、不意に後ろから下駄の音が聞こえて来た。

アスファルトの地面をリズミカルに、でもしっかりと踏みしめて歩くその音や気配から、それは若い男性のものだと、すぐに察せられた。

振り返ろうかと思ったが何かはばかられて、私は少し足を早め、前を向いたまま歩き続けたが、その下駄の音はすぐさま後ろに追いついてきた。

私はごく自然に右側へ寄って道をゆずると、思っていたとおり、学生風の若者が無言で私の左側を通り過ぎて行った。

何処かで下宿して自炊暮らしをしているのだろう。両手に持ったスーパーの袋には、野菜やジュース缶や日用品がいっぱい詰め込まれていた。

帽子もかぶらずジーパンに縞のカッターを着て、素足に下駄ばき。何事か考えているのか前方を真っ直ぐ向いたまま、私には目もくれず追い抜いて行った。

それにしても、「お先に！」と一言くらい言えば良いのにと思いながら、彼の後ろ姿を見送ったのだった。

その時、少なからず明るい気分になっている自分に気が付いて、夫の入院で老人の多い病院通いの日が続いていたせいかしらと、ただ彼とすれ違っただけ、身近に若者の存在を感じただけなのにと、自分のこの明るくなった気分にいぶかりながら、「若者って好いなぁ」と心の中で呟いた私だった。

そして彼の姿が家の角に消え、残していった下駄の音が聞こえなくなるまで、立ち止まっていた。

それは、追い越して行った若者の下駄ばき姿に、子供の頃に素足で履いた下駄の心地よい感触と、その頃の様々な風景が懐かしく思い出されたからだった。

先の太平洋戦争（一九四一～一九四五）が始まったのは、私の小学四年生の十二月八日で、その朝のぴんと張り詰めたような教室の雰囲気や、担任の先生のとても緊張された表情など、今でもはっきりと覚えている。子供心にも自分の国日本が、何か大変な事態を迎えたのだと受け止めていたように思う。

やがて開戦当時から続いた勝ち戦も一年余りで終わり、次第に私たちの日常生活は不如意になっていったのだが、小学生の必需品である運動靴の配給も滞るようになって、運動靴は通学用の大切なものになり、普段は下駄ばきで過ごしていたのだった。

弟たち男の子の下駄は表に当時の人気漫画の主人公「フクちゃん」や「のらくろ」の絵が描かれ、その上にニスが塗ってあるだけの粗末なものだった。

でも私たち女の子のものは、可愛い草花の絵などが描かれた塗りもので、二枚歯や後丸の駒下駄だった。新しい下駄を買ってもらうと、友だち同士で履き比べたりして、幼いお洒落を楽しんだのだった。

学校から帰ると窮屈な靴下を脱ぎ捨て、素足に下駄履きで友達を誘いに行く時は、道端の小石を「ポーン」と一つ蹴ってみたいような解放感があったように思う。

それもアメリカのＢ29による激しい空襲が始まるまでのことだったが……。

それにしても下駄は、古代日本の田植え作業に使われた「田げた」から生まれた古い伝統文化だという。湿潤な日本の風土に適した爽やかな履き心地は忘れ難い。

下駄に限らず、古くから生活用具として愛用されたものには、それぞれの時代に生きた人々の様々な物語が秘められていて、私たちに愛着を感じさせるのかもしれない。

土道を歩く下駄の軽やかな音は、過ぎ去った時代への郷愁を掻き立たせるものがある。

織部焼の小擂り鉢

七月半ばから体調を崩して入院している夫を見舞うと、たいてい家に帰りつくのは午後七時前後である。九月に入っても厳しい残暑は衰える兆しもないが、日一日と暮れるのは早くなり、家々の明かりや街灯も灯されていて、私の足も自然に小走りになる。

ようやく家にたどり着いて玄関の戸を開けると、長時間締め切られたままの屋内から、蒸し暑い空気が瞬時に襲ってきて、私はさらに暑さの追い打ちを受け、慌ててクーラーを入れる。

あちこちに電気をつけ、テレビにもスイッチを入れると、今日一日のニュースが耳に飛び込んできて、いつもの生活に戻ったように緊張が一気に解れるが、それから着替えをして台所に立ち、私一人の夕食作りが始まるという次第。

今まで家庭料理は手作りに限ると拘って来た私だが、さすがにそうも言ってはいられず、この頃はスーパーの弁当や折詰の寿司で済ませることが多くなった。

でもたまには、自分で作った具沢山の味噌汁や、出汁の効いた野菜の煮物が無性に味わいたくなって、我ながら殊勝なことと思いながら、一人分の惣菜作りに台所に立つのである。

先日などは、わけもなく新鮮なお刺身が食べたくなり、馴染みの魚屋「こばやし」に電話をすると、早速、甘えびと細魚の糸造りを届けてくれて有難かった。

「こばやし」が店を出していた駅前のスーパーが、一昨年改築のため取り壊されて、「こばやし」は駅前商店街からかなり遠い自宅のガレージで営業することになり、私の家からは遠く、いささか不便になった。

主人も奥さんも「車で運びますさかい、何ぼでも持って上がりまっせ」と言ってくれるが、たった一人前の魚を運んでいたのでは、人手も掛かる上にガソリン代も出まいと遠慮がちになって、夫の入院以来、余り注文しなくなった。

でも時おり、「奥さん、どないしてはりますか?」と電話をくれて、有難い魚屋夫婦である。

先頃、テレビ・ニュースを見ていたら、今年の異常な暑さで海水温も高くて、いつもより魚の水揚げは少なく、魚屋はみな赤字覚悟だとか。活気に乏しい魚市場の様子が映されていた。

手広く魚屋を営んで来た「こばやし」でも、やはり鮮魚だけでは店が成り立たず、近頃では有機野菜や果物まで扱っている。私にも商売の苦労が解るような気がして、魚一人前の外に野菜や果物も注文し、「互いに持ちつ持たれつやから」などと一人合点しているが、本当は「こばやし」の好意に甘えてばかりである。

ところでそんなある日、届けてくれた注文の品々の中に、綺麗な色合いの和紙の包みが入っていて、何だろうと開けてみると、思いがけず、小さい織部焼のすり鉢と擂りこぎが入っていたのだった。

少し歪な形で、緑釉で描かれたモダンな絵柄も、織部焼らしい味わいである。

棚の上に飾っても良いような楽しい雰囲気があって、私はしばらく手にとって眺めたり、リビングの棚に置いてみたりして楽しんだ。

さっそく「こばやし」にお礼の電話をすると「暑い日やったんですが、この間の休みに、主人と美濃へ焼きものを見に行って来ましてん。お粗末やけど可愛らしかったので、使って頂こうと思って……」と奥さんは言った。

この頃の客は、活けの魚にはあまり興味を示さず、仕出しばっかりがよく売れるとかで、魚屋としては少し淋しいような気持ちだと、彼女は時おり愚痴をこぼすのだった。

でも時流には逆らえず、末息子に板前の腕を磨かせ、総菜や弁当にも力を入れるようになって、「魚屋」というより「割烹料理」の店で繁盛しているようなのだ。

その割烹料理には、料理を引き立たせる気の効いた「器」が欠かせない。二人して美濃へ行ったのは、よい器を探すためもあったのだと、私は納得したのだった。

美濃は古くから窯業の盛んなところで、瀬戸焼、志野焼、それにこの織部焼などがその代表格だろうか。気取らない温かみがあって、私も好きな焼き物である。

それにしても、この頃の女性たちは外で働くようになり、家庭で料理作りを楽しむとか、家の味を守るという意識もゆとりも無くなっているのかもしれない。

女房が出来あいの味に頼るなら、美味しい手料理は自分でと、夫の料理熱が大いに高まっているらしい。男性と女性とがそれぞれ受け持つ仕事の守備範囲が、だんだん入れ替わるのかしらん。

思いがけず贈られた織部焼の小鉢を眺めながら、来し方行く末に思いを巡らせていると、庭のどこかで鈴虫が鳴き出していた。

米酢と蜂蜜のカクテル

三年前の十月、夫がパーキンソン病を発症して以来、私の介護暮らしが始まった。

その頃の夫は、不安はあるものの家の周りを杖なしでも散歩が出来ていて、それが彼の朝夕のささやかな楽しみだった。けれど、家の中でも油断すれば転倒する危険は何時も予想されたので、私としては、なかなか気の抜けない毎日が続いていた。

日々の買い物でも、夫の寝ている時間を見計らって、その日の必需品をメモ書きしてスーパーへ一直線。そして買い終わると、わき目も振らず帰って来るという慌ただしさだった。

ようやく週三回の訪問介護が始まって、少しの自由時間が持てるようになったある日のこと。夫をヘルパーさんに任せた安心から、久しぶりにスーパーの中を何か目新しい商品など出ていないだろうかと、あれこれ探索して歩いてみたのだった（それこそがショッピングの楽しみというものなのだから）。

するると、それまで気付かなかったのだが、可愛らしいビン詰がずらりと並んでいる棚を見つけたのだった。それらの瓶にはライトグリーンの草の葉や淡いピンクの花柄のレッテルが貼られ、蓋はいずれも金色で、その棚の辺りは明るい雰囲気を醸していたのだった。

思わずその棚の前に立ち止まって、一つを手に取ってみると、それはりんごの蜂蜜の瓶詰で、手のひらに乗せて五本の指でくるみ込めるほどの小さな瓶だった。

リンゴの外にはミカン、レンゲ、クローバー、アカシヤなどの蜂蜜、さらに驚いたことに、菩提樹や栃の蜂蜜までも並んでいるのだった。

私は一瞬、子どもの頃に遊んだ懐かしい野原の風景を思い出して、この商品の作り手の客の購買欲を揺さぶる巧妙さに感心したのだった。何気なく瓶の底に目を遣ると、販売元の名が記されていたが、京都にある老舗と思われた。

それはともかく私は、その一つずつの味を味わってみたい気持ちになっていたのだった。

丁度その頃、テレビの健康番組だったかで、米酢を毎日飲むと健康維持にとても効果があるという話を聞いた。

美食して酸性になった血液を酢のアルカリが中和してくれるのだとか。ただ、酢そのままでは飲みにくいけれど、それに蜂蜜を入れると結構おいしいのだそうだ。

ちなみに、カップ一杯の水に、酢大匙一杯と蜂蜜小さじ一杯の分量だという。

早速、先ず買って来たリンゴの蜂蜜で試してみると、成程おいしい。でも、もともと酢の物の苦手な夫は、一口飲んだだけだったが……。

訪問介護の日、夫の筋力トレーニングや歩行訓練などが一段落した小休止の時を見計らって、冷やしておいた蜂蜜入りの酢を、一寸気取って、お洒落なワイングラスに注いでヘルパーさんに饗すると、訪問宅ではお茶も飲んではならないという規則なのだと言いながら、彼女は少し躊躇いがちに、その一杯を飲んでくれたのだった。


「わぁ　美味しいですね！」と彼女はにっこりして、「お母さん、これにレモンを少し搾って入れはったら、味がもう一つ締まるような気がしますけど……」と、感想まで言ってくれた。

「成程そうね！　今度はそうしてみるわ」と私もにっこりして、ヘルパーさんとの距離が一歩近づいたような気がした。蜂蜜入り米酢一杯の効用は、健康以外にもあるのだと嬉しくなった私だった。

ヘルパーさんの帰った後、試しに酢と蜂蜜にレモンを絞り入れながら、これにリキュールかシェリー酒でも入れれば、立派なカクテルになると一瞬思ったが、夫にこそ飲んでもらいたい我が家のカクテルは、やはりアルコール抜きでなくてはと思い直していた。

ところで、それぞれの蜜の味には、微妙な味の違いがあった。クローバーの蜜は白い野の花に相応しい爽やかな甘味、菩提樹の蜜はおおらかな大味、栃はと云えば、澱粉質を多く含むせいか、まったりとした濃い甘味という風に……。

丸谷才一の遺稿『茶色い戦争ありました』

二〇一二年（平成二十四年）十月、この半世紀に亘って小説、評論、エッセーなど多数の文学作品を世に出し活躍されていた丸谷才一氏が亡くなられた。

大胆な着想で描き出された物語性豊かな小説、深い学識に満ちた評論、ユーモア溢れるエッセーの数々は、いつも私を魅了して止まなかった。百歳までも書き続けて楽しませて頂けるものと期待していたのにと、彼の死は悔やまれてならない。

訃報の翌日のことだったか、きちんと紙袋に入れられた遺稿が、書斎の机の上に置かれていたという新聞記事を読んで、八十七歳で亡くなられるまで現役作家として生きられたのだと、あらためて感嘆したのだった。

前年に久々に出された長編『持ち重りする薔薇の花』では、日本の世界的な弦楽四重奏団の~もちろんフィクション仕立てだが~演奏する室内楽の楽しさと、その奏者たちが織りなす人間模様とを、彼らしい艶っぽさで描いていた。奏者たちの日常生活の中で起こる嫉妬や裏切り、時には生まれる奏者仲間の妻との不倫など、互いの人間関係がより複雑で深刻なほど、彼らの演奏する音楽はより豊饒で美しいという、いかにも丸谷らしい主張が窺える楽しい作品だった。

そのような大人のエロチシズムは彼の作品の持ち味だが、もうそんな楽しみが味わえないのかと落胆していた私は、彼の遺稿が文芸春秋十二月特集号に掲載されていると知って、早速、駅前の本屋へ駆け込んだ。

帰宅するやその冊子を開けてみると、『茶色い戦争ありました』という大きな見出しと、彼の笑顔の写真が現れた。

この表題の言葉は、中原中也の『サーカス』という詩の冒頭の一部である。

幾時代かがありまして

茶色い戦争ありました
幾時代かがありまして
冬は疾風吹きました

……　……　……と続く。

寒い夜風に吹かれながら、リーカス小屋の高い梁にぶら下がったブランコが、「ゆあーん　ゆよーん　ゆやゆよん」と寂しく揺れるさまを詠った詩だ。童話めいた情趣があるなどと評する人もいるが、私など、過ぎ去った年月への郷愁というか寂寥を感じてしまうのだが……。

中也の詩が語る戦争とは、日清、日露の戦争やそれ以前の戦《いくさ》のことで、昔の人々の語り草で聞いた戦争である。セピヤ色になった写真のように、「古ぼけてしまった昔の風俗―文明を《茶色い戦争》と表現したのだ」と、伊藤信吉も書いている（『現代詩の鑑賞』　下巻　新潮社）。

しかし、丸谷が《茶色い戦争》という時、私には、中也のそれとはまったく別の重い響きを帯びて感じられる。

それは彼自身、先の太平洋戦争で否応なく兵役に服し、空襲や原爆の悲惨も見、飢餓に喘ぎもして、戦時下の辛い庶民の暮らしを体験した果てに、敗戦を受け入れ、曲がりなりにも今を築いてきた世代の人なのだから……。

それに彼が一九六七年（昭和四十二年）に出した小説『笹まくら』は、主人公に先の大戦期に徴兵忌避者として逃亡し続ける男を描いている。その男は、（香具師《やし》）という全く社会の底辺に生きる人間となって生き抜き、終戦を迎えるが、戦後も又、逃亡者であるが故の様々な罪の意識に苦しみながら生きるのである。

私は、このような辛い人生があり得ることに驚きながら、またそれを完璧なまでに描き切った丸谷に、深い畏敬の念を覚えながら読んだのだった。

この主人公は、紛れもなく丸谷自身なのだと思った。彼はこの後沢山の小説を書いているが、それぞれの主人公とは、何時もある距離を置いていて、ユーモアやアイロニーを鏤めている。でも、この『笹まくら』にはユーモアもなく、主人公と丸谷との距離がほとんど感じられない。作者丸谷の戦争を忌避する真摯な心情が、読者の私にまっすぐに伝わってくるのだ。

村上春樹は丸谷について、『自分ではない誰か』に変身したい「変身願望」があると指摘した（川本三郎の解説より）そうだが、少なくとも、『笹まくら』を書いた丸谷の心情を理解出来ない、戦争を知らない人の言葉だと思う。

文藝春秋の解説によると、彼の残したメモには、『思えば遠くきたもんだ』というタイトルで、〜これも中也の詩『頑是ない歌』から取られたものだが〜四つの短編小説を書く構想だったそうだ。

（一）越中ふんどしの話「わたし」による一人称
（二）酒の特配と兄弟喧嘩「彼」による三人称
（三）明日の新聞を売る女「君」による二人称
（四）叔父の生涯と歴史論「おれ」による一人称

という構想である。そして、見つかった遺稿は、この（三）に当たるもののようだ。

読まれた人も多いと思うが、次のような話である。

昭和二十年八月十五日の朝、大阪発東京行きの列車に乗ろうと、「君」はホームを疾走して先頭列車に乗り込み、ようやく一つの空席を見つけて腰をかける。列車内は、空腹と心労で疲れ切った人々が大きな荷物を持ち、また子連れで、食料を求めて買い出しに行くのか、仕事場へ急ぐのか、足の踏み入れるところもない程の混雑の中で犇《ひし》めき合っていた。

そんな中、隣の床の上に置かれた大きなカバンの端に腰をかけていた一人の少女に好感を持った「君」は、彼女に話しかけていると、彼女は突然立ち上がり、「明日の新聞一枚五十円！」と叫ぶように言って、手に持った新聞を振りかざす。

「月極めで取っても二円七十銭だぞ」とか「闇米一升二十五円やないか」とか、いろいろヤジが飛ぶ。でも彼女は一向たじろぐ様子もなく、遂に、煙草の「光」七本と「ほまれ」三本とで、一枚売ることに成功する。

新聞には、間もなく正午になれば始まる天皇の「終戦の詔勅」が掲載されていると言うのだ。乗客たちは苦労してそれを読み、やがて車内で天皇の放送を聞き、疑心暗鬼の中で不承不承ながら、日本の敗戦を悟るのだった……。

それから数十年がたち、「君」はジャーナリストとして成功し、ある夜、銀座を歩いていると薔薇の花売りの女に出会う。その声、その顔立ちから、あの列車内で出会った少女だと確信して声をかけるが、彼女ははるかに若い女だった。「君」は落胆しながらマンションに帰ると、その入り口で倒れて死んでしまう。しかし亡霊となって、自分の書斎で、書きかけの原稿を書き上げる……。

そこで、場面は変わり、大学の同級会の雑誌に「君」の書いた一編が、『明日の新聞を売る女』と題して、他の友人のものと一緒に掲載されることになる。同級生宇野は元雑誌の編集者で、その一編を「なかなか面白い」と評してくれたのだった。

同級生には鬼籍に入った友人も多く、寄稿者も少ない中で、宇野は教師をしている甲斐の書くものに期待しているのだが、一向に投稿して来ない。宇野は、彼の住む埼玉へ出かけることにしたのだった。

そこで、この物語は終わる。なんだか尻切れトンボみたいで、丸谷の心が読めないが、仕方がない。

構想の短編（一）の「越中ふんどし」の話は、昔の日本の男たちが男の誇りのように絞めていた褌を、どのように描くつもりだったのか、（二）の「酒の特配と兄弟喧嘩」は、食べ物不如意の中ようやく手にした特配の酒をめぐって起こる兄弟喧嘩に、彼は何を見たのかなど、すべて先の戦争と深く関わる事柄ゆえに興味深いところなのだ。

でも、何と言っても、（四）の「叔父の生涯と歴史論」には、この戦中戦後を生きた丸谷の感慨と深い思索の跡が、ユーモアとアイロニーを織り交ぜて書かれている筈だったと想像すると、何とも悔やまれてならない。

あとがき

「六十の手習い」のつもりで、大阪朝日カルチャーセンターのエッセー講座に通い、詩人の故井上俊夫先生、作家の軒上泊先生、現在は民俗学の大森亮尚先生から、それぞれに個性豊かな味わい深いご指導を受け、いつの間にか書くことの魅力に惹きこまれて、こつこつと書き続けて参りました。

今回思いがけなく、近代文藝社（日本図書刊行会）で一冊にまとめて頂くことが出来、とても嬉しく思っております。

戦後六十八年が経ち、昭和という時代が次第に遠のくこの頃、その昭和一桁世代の一人、私の折に触れて感じた様々な想いを、そのまま書き綴ったものです。その想いが少しでも、読者の皆様に届けば幸いです。

現在病床にある夫、エッセー仲間の皆様、七十年来の学友の細川富美恵様、伊藤発子様などから、いつも変わらぬ温かいご批評とご声援を頂いて生まれた一冊と、とても有難く感謝いたしております。

そして又、近代文藝社（日本図書刊行会）編集部の宝田淳子様には、いろいろお世話になりましたこと、心より御礼申し上げます。

二〇一一年夏

西村　惇子

【著者紹介】

西村惇子（にしむら・あつこ）

1931年（昭和6）生まれ
1954年（昭和29）大阪大学文学部文学研究科（社会学）卒
1937年以来、大阪府在住

麦畑の記憶

2023年7月31日発行　　著者　西村惇子
発行者　向田翔一

発行所　株式会社22世紀アート
〒103-0007
東京都中央区日本橋浜町3-23-1-5F
電話　03-5941-9774
Email: info@22art.net　ホームページ：www.22art.net

発売元　株式会社日興企画
〒104-0032
東京都中央区八丁堀4-11-10 第2SSビル 6F
電話　03-6262-8127
Email: support@nikko-kikaku.com
ホームページ：https://nikko-kikaku.com/

印刷製本　株式会社PUBFUN

ISBN：978-4-88877-231-0